31番目のお妃様 11

桃巴

ビーズログ文庫

イラスト／山下ナナオ

CONTENTS

1 31番邸 6

2 婚約発表 29

3 狩りの獲物 49

4 謀り 111

5 次策 150

6『誰か』 183

7 女王の覚悟 202

8 叶 234

あとがき 252

31BANME NO OKISAKI SAMA 11

31番目のお妃様◆人物紹介
マクロン
ダナン国の国王。
『今日はいつから三十一日になったのです？』と言われなくなり、ホッとしている。
リカッロ(左)＆ガロン(右)
カロディア領主と弟。
フェリアの２人の兄でもある。
フェリア
ダナン国の王妃。
天空の孤島カロディア領出身。
元31番目のお妃様。

ラファト

モディ国の第十三王子。アルファルド王弟バロンの養子。

サブリナ(左)&ミミリー(右)

元妃候補。今はフェリアの忠臣。

ビンズ

第二騎士隊の隊長。マクロンと幼少からの付き合いがある。

ゾッド

フェリアのお側騎士。

ケイト

フェリア付の敏腕侍女。ゾッドの姉。

エミリオ(左)&ジルハン(右)

マクロンの双子の弟。

1 31番邸

「密度が高い」

フェリアは、31番邸に足を踏み入れた瞬間に発した。

「本当ですね。今日はなんだか人が多くて息苦しいような」

お側騎士のゾッドも呟く。

まず、クコの畑に目を向けた。

「クコは収穫時期を間違えるととんでもなく臭うんだぁ」

ガロンが医官と薬師に説明している。

その横には、ハロルドとラファトも控えている。

少し離れた所で、フーガ領から王城に戻ったバロン公が、興味深げに薬草畑を眺めていた。

「あれは、新米の医官と薬事官候補の薬師ね」

採用試験を行い、新たな王城勤めの者を決めたのは先週だった。もちろん、騎士や兵士、女官や侍女も試験を行った。

復国を果たしたミタンニに人材が少しばかり流れ、補充が必要になったからだ。

妃選び中から、ダナンでは採用試験が続き活気に満ちている。

「研修に31番邸を使用するのは許可したけれど、クコの洗礼を初っぱなから受けさせるなんて、兄さんもやるものね」

フェリアはクスッと笑った。

薬事官の拠点である7番邸は、重要な薬草や薬草畑、研究開発設備、機密性の高い資料などもあるため、研修に使えず31番邸が担うことになった。

「新米ゆえの失敗も、ここ31番邸では願ったり叶ったりなのでは？」

ゾッドがニッと笑う。

視線の先では、新米医官が薬草を踏んづけている。薬となった物や、乾燥した薬草しか知らない医官は、生えている薬草と雑草の区別がつかない。採取や栽培を手がけず、調合しかしない薬師も同じようなものだ。

ガロンが飄々と『薬草を踏んでいるぞぉ』と告げて、退いた先の足下も薬草だったりするから、フェリアは笑ってしまう。

「そうね、そこら中にほったらかし中のあれがあるから」

ほったらかしと言えば、『ノア』の栽培方法である。ここ31番邸でも、ほったらかし栽培を始めている。元々の『ノア』の畑も健在だ。

ソフィア貴人の娘シルヴィアの離縁と、草原のバルバロ山噴火に端を発して解き明かされることになった『ノア』のことは記憶に新しい。

遠い昔より、ボロル国を後ろ盾とする隠れ村の密売人らが、大金を得るために『ノア』の自生地——魔獣の棲む樹海に入り、危険な収穫を行ってきた。

魔獣に対処することのできる沈静草を頼りに収穫をしていたが、傷に触れると麻痺を起こす薬草なので、痺れを発症する者も絶えなかったし、魔獣の犠牲になる者もいた。

現在も、それは変わりない。『ノア』の乱獲を防ぐために自生地は公表せず、危険な収穫を彼らに背負ってもらっている。

フェリアは、それを『善行の悪事』と称した。

「7番邸では痺れを改善する研究も始まったとか」

ゾッドの言葉に、フェリアは頷く。

『それと、例の薬も開発中』

フェリアは、小声で言いながら髪を指に絡ませてみせた。

ゾッドが肩を竦める。意味はわかっただろう。ふさふさ生えるあれである。

「まあ、そういうわけだから、7番邸で研修はできないのよ」

「研究や開発は機密分野ですから、探ろうとする者もいますしね」

ゾッドがウンウンと頷く。

今回の採用試験は、受験条件を設けなかった。公平で広範囲の募集をしたのだ。邪な思惑がある者も潜入しているかもしれない。

「アルファルドの肌研究所と同じね。門戸を広げれば、どうしても機密性を保つのに苦労する。けれど、手広く募集しなきゃ優秀な者は集まらない」

「優秀だから知りたくなる。得たくなる。ハロルド様のように」

ゾッドの言葉に、今度はフェリアが肩を竦めた。

フェリアやガロンを得ようとしたアルファルド王弟バロンの嫡男ハロルドのことだ。

そのハロルドが、薬事官留学という名目でダナンに滞在しているのだから、不思議なものである。

ミイラ取りがミイラになるとは、まさにこのことだ。

「あっちは開墾研修かしら」

フェリアは視線をずらす。

第四騎士隊の隊長ボルグが、こちらも新米騎士に活を入れていた。

「あれは、ミタンニに配属希望の騎士ですね。ミタンニの城壁外を発展させるために必要な研修でしょう」

マクロンとフェリアはミタンニ滞在中に、開墾に向けて城壁外の測量を終えていた。

現在は、国王エミリオの指揮の下、元庭師のダルシュや薬事官のサムが中心となって開墾を始めている。しかし、ミタンニの民は職人が多く、農地開発の知識は乏しい。

　そこで、第四騎士隊がモディを開墾したように、騎士の手助けが必要となったわけだ。

ミタンニは、まだ砦などの防衛が確立していないため、城壁外を開墾する騎士がいた方がいいのだ。騎士らにとっては国境線を広げていく功績にもなる。

「いいか！　耳の穴をかっぽじってよぉく聴きやがれ！　実戦部隊の騎士隊が活躍する状況なんてあってはならねぇんだ。戦や諍いがあるってことだからな。生きている間、活躍しねぇことが一番いい。だが、活躍の場なく剣の鍛錬だけして胸を張れるのか⁉　平穏な治世での活躍の場、それが開墾だぜ。鍛錬にもなる。剣以外の武器を扱えなきゃ、最強の王妃様に勝てねぇぞぉぉ‼」

　ボルグの活に、お側騎士らが噴き出した。

「後で締めてやるわ、ボルグめ」

　フェリアはボソッと言った。

　ゾッドらの腹筋が崩壊したのは言うまでもない。

　ヒィヒィとお腹を抱えて笑うゾッドらを尻目に、フェリアはまた視線を動かした。

『野営、第二騎士隊詰め所』

　干し草ベッドがある農機具小屋の近くに、立て看板が設置されている。

「闘技場の騎士隊詰め所は手狭になっていましたから」

ゾッドが笑い泣きした目を拭いながら言った。

王妃近衛や女性騎士と、近衛が増えたからだ。

「あの場で野営すれば、『ノア』の育成も促進されるわね」

妃選び中から、騎士らの憩いの場であった農機具小屋周辺には、パンを焼く窯や『ノア』の畑がある。

つまりは、野営をすることによる熱と灰が、『ノア』育成の環境条件を満たす。

とまあ、31番邸はごった返している。

「さてと、私もひと汗掻こうかしら」

農機具小屋に向かい、鍬を肩に担いで出てきたところで、フェリアは愛想笑いを浮かべた。

「フォフォフォフォ、おかしいですな。私の目には王妃様が鍬を肩に担いでいるように見えるのですが……」

言わずもがなペレである。これ見よがしに目まで擦っている。

ミタンニ王妃イザベラの入城後、モディを開墾した第四騎士隊の帰国を追うようにペレもダナンに戻ってきていた。

フェリアはシレッと鍬を農機具小屋に戻し、素知らぬ顔で口を開く。

「あら嫌だわ、ペレったら。私のどこに鍬がありまして？」

「年を取ったものです。幻影が見えるとは」

ペレが分厚い資料をフェリアに差し出す。

「あら……私も幻影が」

「女官や侍女、係や下働きの採用試験合格者名簿です。配属を決める会議は、そこの農機具小屋で行いますかな？」

フェリアはグッと喉を詰まらせた。

厳格な採用試験を始めたのは、フェリアである。

「もちろん、野営もでき刃物を扱える女性騎士の名簿もありますぞ。もしや、今年の刃物研修は鍬……ですかな？」

ペレの追撃にフェリアはガクンと肩を落とし完敗する。

ペレがフォフォフォフォと笑っている。

「妃選び中みたいで、懐かしいですね」

ゾッドが言った。

「王妃教育はすぐに完了しましたが、王妃様になってもまだ淑女教育は終わっていませんな」

フェリアは聞こえないとばかりに、両耳を押さえて31番邸を出ていく。

ペレとお側騎士が笑いながら、フェリアについていったのだった。

フェリアがペレと舌戦を繰り広げていた頃、マクロンは政務をこなしていた。

「王様、少しお休みになっては？」

珍しく近衛隊長がマクロンに声をかけた。

マクロンは書類を一瞥し、フッと笑った。山とあった書類がだいぶなだらかな丘まで低くなっている。

「いや、全て終わらせる」

「建国祭は三週間後ですからね」

近衛隊長の頬が緩み、マクロンに生温かい笑みが向けられる。

「結婚一周年の蜜月を得るためですね」

「ま、まあな。うん、そういうことだ」

照れ隠しなのか、マクロンはキリッと表情を引き締めた。

昨年の建国祭と同時期にマクロンとフェリアの婚姻式は執り行われ、三日間の蜜月を過ごした。

今年も、マクロンはその蜜月を得るため、事前に裁決できる政務を片づけているのだ。

「時が経つのは早いものだな」

妃選びからもうすでに二年以上が経つ。

「様々なことが続き、時をゆっくり感じられませんでしたね」

近衛隊長の言葉に、マクロンは苦笑する。

確かに妃選びから今まで、平穏なひと時はあまりなく、次々に事件や難題が舞い込んできた。

思い返せば、妃選びが始まり31番邸が火事になった荒事を皮切りに、毒のお茶会に疫病の発生。アルファルドが関与した昏睡事件を経て、前王妃の死の真相が明かされ、ジルハンの復籍となった。

妃選び終了の夜会ではセナーダ政変が起こり対処。ひと息つく間もなく、疑惑のサシェ事件の解明と、婚姻式後のカルシュフォンへの遠征と続いた。それからも、魔獣暴走にモディとの攻防。ミタンニはエミリオ、イザベラ入城で名実共に復国を果たした。

つい最近では、ボロルに嫁いだシルヴィアの離縁に伴って、『ノア』の全容が明らかになった。

濃密すぎる年月だったわけだ。

「建国祭で一区切りしたいものだ」

マクロンの言葉に近衛隊長が頷いた。

「ペレ様も帰国しましたし、ゲーテ公爵様も建国祭までには帰還するとか」

「ああ、ゲーテがダナンを出発したのは、昨年の建国祭諸々の二週間後あたりだったか。かれこれ一年が経ってしまうな。ミタンニはイザベラも入城を果たし、王と王妃が揃った。重鎮となるダルシュもいる。ダナン貴族のゲーテが幅を利かせていたら、ミタンニをこれから担っていく貴族らが育たん」

そろそろ、ダナンの助力なくやっていく時期だろう。

ミタンニは、ここからが勝負だともいえる。

マクロンは近衛隊長とやり取りしながら、書類を確認していく。

「ビンズ隊長の役目も終わるのですね」

マクロンの手が止まった。

ゲーテ公爵が帰国するまで、ビンズはサブリナの身の安全を守るため、公爵家の荷屋敷に住み込みをしている。男手がなくなった屋敷の番犬のようなものである。

今は、荷屋敷の荷もほぼミタンニへ送られた状況だ。

当主であるゲーテ公爵が戻れば、ビンズの役目は終わる。

「どうなさるのですか？」

近衛隊長が、何をの部分をあえて口にせずに問う。

「それも、ゲーテが帰国してからになろう。……このままでは、どうにもならん」

サブリナとビンズのことだ。

これに関しては、様々な壁が残っている。

公爵令嬢と平民上がりの騎士……普通なら結ばれることはない。

いくら、サブリナが後宮に毒まがいを持ち込むという反逆とも取れる失態を犯した令嬢だろうとも。

姉のイザベラがミタンニ王妃となったことで、サブリナが婿取りをして公爵家を継ぐことは決まっている。相応の相手でなければならないのだ。

それを可能にする切り札がある。

エミリオのダナンにおける公爵位をビンズへ移譲すること。

しかし、貴族らの反発は免れないだろう。

現実はそう甘くない。

マクロンは妃選びを思い出す。

当初、ダナン貴族らのフェリアへの反発は大きかった。

その反発を撥ね返すほどの実力がフェリアにはあり、大いなる功績も残して、王妃の席を名実共に手にしたのだ。

サブリナもビンズも優秀だ。功績もある。

サブリナは王妃の右腕として王妃直轄事業を動かしているし、ビンズも王の手足を担っており、ジルハンの復籍を手伝った。

だが、反発するだろう貴族らを、押し黙らせ納得させるほどの決め手にはならない。

「どうにかする前の段階に思えますが」

近衛隊長が呟いた。

「確かに。……当人らの意思の問題が先だな」

マクロンはそう言って、再び手を動かし始めた。


裁決を下した書類を執務机の端にまとめると、体を伸ばす。午前のうちに終わって、マクロンはホッとひと息ついた。

「王様、失礼致します」

ビンズが執務室に入ってくる。

「無事に、ベルボルト領に着いたようです」

「そうか」

マクロンは少しばかりの寂しさを胸に抱える。

「過ごしたことのあるベルボルト領の屋敷なら、シルヴィアも心穏やかに暮らせよう」

ボロルに嫁いでいたソフィア貴人の娘シルヴィアは、懐妊を隠したまま離縁してダナンに戻ってきた。

『ママン』から御子を守るための決死の離縁劇だったが、夫であるボロル国王弟ジョージも現在ダナンで過ごしている。『善行の悪事』で『ノア』収穫の独占を公にしない代わりに、ジョージがダナンに滞在している状況だ。

人質のようなものだが、当の本人がダナン滞在の意思を示している。

「赤子の泣き声がないのは、少し寂しいものだな」

今頃、ベルボルト領の屋敷で親子仲良く過ごしているだろうか、とマクロンは想像して笑みが漏れた。ソフィア貴人も一緒なのだ。きっと、ジョージはしごかれていることだろう。

シルヴィアが首を縦に振っていないため、離縁の状態のままである。

「平穏に暮らせるよう手配してくれ」

「はっ」

ビンズが頭を下げてから踵を返した。

その背中にマクロンは問う。

「サブリナとはどうだ？」

ビンズの足取りがピタッと止まった。

「ど、どうとは？」

珍しく声に動揺がみられたビンズに、マクロンは含み笑いを堪えた。

「一日に何度も伝鳥でやり取りをしていると耳にしたぞ」

「そ、それは、サブリナ嬢の不安な気持ちを落ち着かせるためです。シルヴィア様の件でお傍に居られませんでしたから、心細かったのでしょう」

何やら早口にビンズは言いまくる。

「私はゲーテ公爵様と、サブリナ嬢の身の安全を約束しましたので、騎士として当然の行いをしているわけです」

自分に言い聞かせているような台詞である。

サブリナがビンズへ頻繁に伝鳥を飛ばして、気持ちを表していることは、元近衛隊長改め番長から耳にしている。

番長は今やX倉庫の主であるが、マクロンやフェリアの話し相手、近衛の相談役といった感じで、ご意見番のようにもなっている。

当初、ビンズはサブリナの文に素っ頓狂な返事をしていたが、番長に指摘されて気づいたようなのだ。

サブリナ文↓ビンズの返答
『王城に着きましたわ』↓『〇』
『お昼はどちらで？』↓『王都で警邏です』

『休憩はできまして？』↓『×』
『新規事業は順調ですの』↓『何より』
『そろそろ帰りますね』↓『〇』
『今夜は星空ですね』↓『治安が良くなりそうです』
『クルクルスティックパンを作りました』↓『たくさん食べてください』
『荷屋敷に居ますね』↓『早く本屋敷に帰ってください』

とまあ、こんな具合に。
サブリナは『馬鹿』と返答し、ビンズは意味がわからず番長を頼ったそうだ。
そして、番長がサブリナの心情に変換してみせた。

『王城に着きましたわ』は『お顔を見せにいらして』
『お昼はどちらで？』は『一緒にお昼ご飯でもどうですか？』
『休憩はできまして？』は『お茶でもしませんか？』
『新規事業は順調ですの』は『見に来てください』
『そろそろ帰りますね』は『見送りにいらして』
『今夜は星空ですね』は『一緒に見たいです』

『クルクルスティックパンを作りました』は『一緒に食べたいです』

『荷屋敷に居ますね』は『お待ちしております』


全てが、『会いたい』を表しているとも言って。

全くもって罪な男である。いや、フェリア曰く『天然で崇高な女たらし』だったか。はたまた『天然、鈍感、センス皆無の三拍子揃った男』だったか。

「それで、どうなのだ？」

マクロンは追撃してみた。

「ど、どうとは、どういう意味ですか？」

ビンズが視線をさ迷わせる。この話題を避けたいのか、伏し目がちになった。

マクロンは追い込みすぎたな、と反省する。

やはり、意思の問題だ。いや、ビンズの意識の問題か。

「だから、サブリナは落ち着いたのかと」

返答がない。

ビンズが喉をグッと鳴らした。

「……まだ、かと。心細さで、貴族令嬢としての落ち着きが戻っていないように思います。きっと、ゲーテ公爵様がお戻りになれば……気づきましょう」

出てきた言葉を噛み締めるように、ビンズが唇を真一文字に引き締めた。

どうやら、何かあったようだ。

「そうか。ゲーテが帰国するまで、平穏に暮らせるように頼んだぞ」

マクロンは、さっきも同じようなことを言ったなと思う。シルヴィアの暮らしに関してだ。

「はい、全身全霊をかけて！」

ビンズの返答が、先ほどと違ったことを指摘しないでおいたのだった。


さて、採用者配属会議が終わって、フェリアは15番邸に足を運ぶ。

いわゆる、午後のお茶会である。

王妃になって以来、淑女教育の一環としてお茶会の時間が予定に組み込まれている。自由時間でもあり、予定に余裕を持たせるためでもあった。何かあった時に、時間が融通できるようにだ。

日によっては、王妃とのお茶会は社交の場にもなっている。自国、他国含め、フェリアとのお茶会を望む者は多い。

それは、姫や令嬢、夫人だけに留まらず、事業に関して面会を希望する者は、だいたいこのお茶の時間があてられていた。

「サブリナ、待ったかしら？」

今日のお茶会の相手はサブリナだ。

癒やし処の報告も兼ねている。

サブリナがサッと立ち上がってから、膝を折る。その所作は、貴族令嬢たるに相応しく完璧だった。

フェリアは、午前中に鍬を担いだ自分と比べものにならないな、と感嘆を漏らした。

しかし、顔を上げたサブリナの表情は、美しい所作とは違い暗かった。

「どうしたの、サブリナ？　疲れている？　癒やし処に問題でも？」

フェリアは矢継ぎ早に問うた。

サブリナが小さく首を横に振る。

「いいえ、いいえ、何もありませんわ。……何もないの、です。本当に何も……」

悲しげな返答に、フェリアはサブリナの背中を擦る。

珍しく、サブリナがフェリアの体に身を寄せた。

震えるサブリナの肩を優しく抱きとめて、フェリアは再度訊いた。

「今日は、二人だけのお茶会よ、なんでも話してね。私の可愛い妹分が悲しんでいる理由が知りたいわ」

「フィーお姉様……」

フェリアは、サブリナを椅子に座らせる。自身の椅子も横に寄せて、背中を擦りながら落ち着くまで待った。

「……やはり、フィーお姉様に毒まがいを盛ろうとした私では、駄目なのでしょうね。悪事の代償だと痛感しています。騎士の使命として、守ってもらっているだけ。騎士だからこそ、私の所業は許しがたく、受け入れがたいのでしょう」

ビンズのことだと、フェリアは察する。

「ビンズに何か言われたの？」

「いいえ、何も。本当に何もないのです。私の拙い伝鳥の文を……私の想いを……知ってもなお、何も」

サブリナの頬に涙の滴が流れる。

「あの男は、天然で鈍感なの。サブリナの想いに気づいていないだけよ」

「いいえ！　あの日……クルクルスティックパンは一緒には食めないと、ハッキリ断られました。自分は騎士なのだから、生涯主を守り抜くのが務め。初心を貫くのだとも」

確かに、騎士は妻子を持たない風潮にある。身を挺して主である王や王妃を守るため、婚姻をしない者が多い。第一が主であり、妻子にならないからだ。

さらに、妻子を人質に取られ、主を裏切らざるを得ない状況に追い込まれることも考えられ、主を身近で守る近衛などは、婚姻すると別の隊へ異動となるほどだ。

ビンズは、生涯マクロンの手足となる騎士であることを自負しているのだろう。

女性騎士試験でエルネを庇ったこともあり、ビンズは自身にそう課したのだ。

「私は……公爵令嬢ですもの。この想いの果てが、実らぬものとわかっていましたわ。私のお相手は、お父様がお決めになる。公爵家を支えられる人物が、私の相手」

平民上がりの一代騎士爵のビンズでは、サブリナの相手にはならないということだ。

「恋を知る。とても素敵な時間だったのだと……私はちゃんとここで受け止めねばならないのです」

サブリナが、自身の胸を手で押さえる。

「サブリナ……」

ビンズをサブリナの相手とする案は、エミリオの公爵位を譲ることでゲーテ公爵とは暗黙の了解になっているが、口に出して決まっているわけではない。

実際に、マクロンも考えているように、ビンズがゲーテ公爵家に婿入りするのは、貴族らの反発も出よう。

何より、本人たちに婚姻の意思がない。否、正確には、想いはあってもそれを良しとはしないということだ。

「フィーお姉様、少しだけわがままを口にしてもよろしいでしょうか？」

サブリナが眉尻を下げながら悲しげな笑みで言った。

「構わないわ。妹分の頼みなら」

フェリアはサブリナの笑みに応える。

「私からビンズを離してくださいませ。想いを断ち切りたいのです。別の騎士を、お願いできますか？」

この願いを聞き入れるのは難しい。荷屋敷の住み込みはビンズだからこそできていた。それこそ、サブリナの相手だと思われない人物だったからだ。

貴族位にある騎士ならば、サブリナの相手だと思わせることになる。

次代の公爵家を継ぐのはサブリナだ。婿入りを企む者から狙われやすい。

騎士は王家だけを護衛する原則があり、王都を警邏する以外、個人の警護につくことはできないが、ビンズが住み込みをすることで周囲への牽制となっていた。

ビンズがシルヴィアの警護で離宮に配備されている間は、サブリナが癒やし処の事業の件で、王城に寝泊まりしていたこともあり問題はほぼなかった。

それに、王妃が手がける事業関連で活動するサブリナへ、女性騎士を警護につかせることもできたのだ。

「嬢、いや、王妃様」

控えている女性騎士のローラが、フェリアに声をかける。

「新たに採用した女性騎士の研修をしたいさね」

フェリアは、ローラの意図を察した。

「そうね。サブリナの警護で実践研修してもらいたいわ」

新たに採用した女性騎士ならば、研修名目で警護につかせられるというわけだ。もちろん、指導官として騎士も同行できる。

サブリナの表情が沈む。

それに気づいたフェリアは、再度サブリナを窺った。

「情けないわ。いざ、距離を置くことになると苦しくなってしまうなんて。未練もいいところですね」

サブリナが自嘲する。

「恋とは、そういうものさ。それを乗り越えて、自身に磨きがかかるさね」

ローラがサブリナを励ました。

「フフ、そうね」

ローラの物言いにサブリナが笑った。

「サブリナ、想いを無理に断ち切らないでね。心も体と一緒で悲鳴を上げるから」

フェリアは穏やかな口調で、サブリナを気遣った。

「この想いを消してくれる魔法の薬があればいいのに」

「魔女でもない限り無理な話さね」

ローラがサラッと返した。

おとぎ話に出てくる魔女の薬というやつだ。

「……キャロライン様なら」

サブリナが呟いて、プッと笑った。

きっと、とんがり帽子を思い出したのだろう。つまりは、ジョージの『ザ・王子様』姿を思い浮かべてしまったわけだ。

「魔女は、ベルボルト領とフーガ領へ箒に乗って帰ったさね」

現実的ではあり得ないその姿が容易に想像できて、皆で笑ってしまった。

「さあ、お茶会を始めましょう」

フェリアは、サブリナと穏やかなお茶会を楽しんだのだった。

2 婚約発表

夕刻、マクロンの元にエミリオとゲーテ公爵それぞれから伝鳥の文が届く。

『ゲーテ公爵の要望を聞き入れてください』

『急を要します。どうか、サブリナとラファト様の婚約を執り行ってください。私も急ぎダナンへ戻ります』

マクロンは文の内容に困惑した。

エミリオとゲーテ公爵の焦りが滲み出る文章に、差し迫った何かがあったことは察せられた。

「建国祭まで三週間……本来なら今日あたりがミタンニを出発する頃だったが、伝鳥が飛来した。伝鳥はダナンとミタンニ間で十日ほど。ゲーテが十日前に出発しているなら……馬を飛ばして残り七日といったところか」

早馬ではない一般的な乗馬で、ダナンとミタンニは十七日から二十日ほどかかる。急ぎダナンに向かっているなら十七日ほどになろう。

「七日を待たず、婚約を執り行うべき事態なのか……。これは、参ったな」

マクロンはフゥと息を吐き出し、心を決める。

「密かに会合を行う。関係者の招集と15番邸の準備を」

近衛隊長に伝鳥の文を渡して言った。

「関係者に……は、含まれますか？」

近衛隊長は名を出さずに問うた。

マクロンは首を横に振るしかなかった。

深夜、15番邸、秘密の会合。

円卓の中央に伝鳥の文が並べられている。

集まった者らは、その内容に困惑していた。

「……どうして？」

最初にラファトが呟く。

「何があったのでしょうか？」

バロン公も続いた。

「詳細はゲーテが戻ってからでないとわからぬが、その帰還を待ってはいられない事案が発生したと考えられる」

マクロンが答えた。

「サブリナの婚約を急がなければならない何か？」

フェリアは首を傾げて、サブリナを窺いながら口を開く。

「早馬騎士のことは記されていないのですね」

「ああ、それさえ記さぬほど焦った文と判断するか……ゲーテ公爵家の婚約事情は私用と判断したため早馬騎士を自重したか」

マクロンが唸った。

伝鳥と早馬騎士は、二、三日の誤差がある。

「早馬騎士に関しては、数日待ってみましょう。ですが、婚約を待つかどうかです」

フェリアは円卓に揃った面々を見回す。

サブリナが無表情のまま、円卓の中央を見つめている。

ゲーテ公爵夫人バーバラは戸惑いながらフェリアに軽く頭を下げた。

「サブリナ」

フェリアは思わず呼びかけた。

サブリナがハッとして、フェリアではなくラファトを見る。

その視線に気づき、ラファトもサブリナを見る。

二人は視線を交わしたまま固まった。

互いにどういった表情をすればいいのか、どんな言葉をかければいいのかわからないのだろう。

「ラファト」

今度はハロルドがラファトを呼ぶ。

サブリナからハロルドへ視線を動かしたラファトの肩の力が抜けた。

サブリナも小さくホッと息を吐き出す。

会合は、関係者を集めて行っている。ビンズは王都の警邏中でいない。

参加者はマクロンとフェリア。当人同士であるラファトとサブリナ。ラファトの義父バロン公と義兄のハロルド、サブリナの母ゲーテ公爵夫人バーバラの面々である。

警護も近衛とお側騎士、女性騎士のローラだけだ。

「それで、提案なのだが」

マクロンが皆を見回しながら口を開いた。

「かりそめの婚約ということでどうだろうか？　もちろん、公にはかりそめだとは言わない。皆が了承すれば、かりそめの婚約を正式な書面として残し、まあ……婚約解消に

なっても、かりそめだったとそこで書面を公表すればいいかと」

マクロンがラファトに申し訳ない気持ちを表した。

ラファトが両手を振って、気にしないでくださいと応える。

「私は、それで構いませんが」

ラファトがサブリナを一瞥した。

ゲーテ公爵夫人バーバラが、サブリナの耳元で『お父様のご意向に従いましょう。王様も王妃様も良きように取り計らってくださるでしょうから』と囁き、返答するように促す。

「……はい」

サブリナが小さく答え、了承を示した。そして、頷きを何度か繰り返している。

「あー、二人には申し訳ないが……」

マクロンが言い淀む。

「婚約者同士の交流ですわね」

サブリナが穏やかな笑みを浮かべながら言った。

どうやら、状況をやっと呑み込めたようだ。

スッと立ち上がり、ラファトをしっかり見て膝を折る。

「よろしくお願いします、ラファト様」

ラファトが慌てて立ち上がり、頭を下げた。

「こちらこそ、よろしくお願いします」

フェリアは、そんな二人を眺めている。

これからどうなっていくのかと、不安な気持ちが胸をかすめた。

「マクロン様、サブリナの警護に女性騎士をつかせたいと思います」

そう言葉にすると、ビンズの姿が頭を過った。

フェリアは、それを掻き消して続ける。

「新たな女性騎士の研修も兼ねてですわ」

フェリアはモヤモヤした感情を隠すように、微笑んでマクロンに言った。

「……そうだな。それがいい。王妃近衛候補の研修も兼ねよう」

「そうですね。この文の内容からして、万全を期した方がいいでしょう」

「屋敷周辺の巡回警護を王妃近衛候補に。サブリナの警護を女性騎士に。……ビンズには私から諸々伝えておく」

諸々とは、サブリナの婚約のことも含めてだろう。

そこで、サブリナが声を出す。

「かりそめはお伝えしないでください」

ハッキリとした口調だった。

マクロンが一瞬喉を鳴らす。

「ビンズは関係者ではありませんもの」

有無を言わさずといった気迫をサブリナから感じ取る。

フェリアはマクロンに目配せした。

「ああ、わかった。だが、ビンズの荷屋敷住み込みは今まで通りだ。ゲーテとの約束を反故にはできない」

ゲーテ公爵とはそれを約束し、ミタンニへと送り出したからだ。ビンズ本人も、騎士として約束を違えぬはずだ。

サブリナが一瞬ホッと安堵する表情を見せるが、それもすぐに苦しげなものに変わる。

フェリアとのお茶会でのように、反する感情の表れだろう。

「かりそめだが、婚約者同士となる。二人は、それらしく頼む」

マクロンがサブリナとラファトを交互に見て言った。

「わかりました。ゲーテ公爵様ご帰還まで、かりそめの婚約者を務めさせていただきます」

ラファトがサブリナを見て笑う。

「ええ、かりそめの婚約者ですが、それらしく務めますわ」

サブリナもラファトに笑みで応えた。

マクロンとフェリアは再度視線を交わす。二人とも、瞳の奥に揺れを感じる。

この場で、一番状況を呑み込めていなかったのはマクロンとフェリアなのかもしれない。

翌日、マクロンは執務室を開け放っていた。

足音で、ビンズがやってきたのがわかる。

昨夜のうちに、かりそめの婚約はゲーテ公爵夫人バーバラが見届ける中で、マクロンの代理署名とバロン公の署名で成された。

かりそめのため、本人の署名なしでの婚約とした。

ゲーテ公爵家本屋敷周辺の巡回警護とサブリナの警護は、王妃近衛候補と女性騎士で整えた。

ビンズは、一夜で屋敷の状況が変わったことに驚き、戸惑っているだろう。

ゲーテ公爵家本屋敷と荷屋敷は少し離れている。屋敷の警護態勢に出勤時に気づいたのだ。

「失礼します！」

マクロンは小さく息を吐き出してビンズを見た。

「どうなっているのですか⁉」

詳細さに欠ける問いは、ビンズの気持ちの表れだ。

「何がだ？」

マクロンはあえて問うた。もちろん、ビンズがゲーテ公爵家本屋敷とサブリナの警護のことを言っているのはわかっていたが。

「サブリナ嬢の……ゲーテ公爵家の警護態勢のことです」

マクロンの冷静な返しを受けて、ビンズはスッと気持ちを落ち着かせたようだ。

「ゲーテのたっての要望で、昨夜のうちに急遽サブリナとラファトの婚約が成立した」

「え？」

マクロンは小さく息を吐き出す。

「……」

ビンズはまだ頭が追いついていない。

「他国の王族との婚約となったわけだ。祝意を表すために、本屋敷周辺及びサブリナには、ゲーテが帰るまで騎士による警護態勢に変更した。まあ、王妃近衛候補や女性騎士の研修も兼ねている」

「婚約？　……聞いていません！」

「一貴族の婚約のことだぞ」

マクロンはビンズの目をしっかり見て言った。

国事政務に関わらない一貴族の婚約を、騎士隊隊長であったとしても知らされることは普通ないだろう。

動かしたのは、王妃近衛候補と女性騎士であり、ビンズ率いる第二騎士隊ではない。

ビンズがグッと喉を鳴らす。

実際、サブリナとビンズの関係性が希薄なら、マクロンに問いただすこともないはずなのだ。反対に、警護態勢が整って良かったと安堵するものだろう。

「ペレやマーカスにも先ほど伝えたばかりだ。私は、ゲーテの代理として婚約を執り行っただけ」

ビンズが無言で俯く。

「ゲーテから連絡があり、予定を早めて一週間後あたりにはダナンに帰還するそうだ。サブリナの警護に女性騎士を置いた。ビンズ……、わかるな？」

「……はっ」

マクロンはそこでひと息つく。

ビンズに状況を呑み込む時間を与えた。

「わかったな？」

「はい」

ビンズがマクロンの目を見て答えた。

明確に口にせずとも、ビンズなら理解できるはずなのだ。マクロンは、荷屋敷住み込みの終了（しゅうりょう）を口にしていない。

つまり、警護態勢は変わっても、ビンズは今まで通りだということだ。

「建国祭が間近に迫っている。王都の警邏は任せたぞ。業務に戻れ」

ビンズ率いる第二騎士隊は、王都の警邏が主な仕事である。

「はっ」

ビンズが執務室を出ていく。

マクロンはその背中に何も言えぬ歯痒（はがゆ）さを感じていた。

『ゲーテ公爵家次女サブリナ、アルファルド王弟養子ラファト、婚約成す』

サブリナとラファトの婚約が発表された。

今日も15番邸のお茶会となる。

だが、フェリアの胸はモヤモヤしたままだ。

視線の先には、婚約発表されたばかりの当人らが交流している。

「見慣れない」

フェリアは思わず呟いた。

バロン公とゲーテ公爵夫人バーバラ、ラファトとサブリナが薔薇庭園でお茶を嗜んでいる。

婚約発表後の初めての交流である。

当主抜きでの婚約のため、ゲーテ公爵家に興味本位の祝意訪問があると踏んで、それらを牽制しておこうと王妃宮でのお茶会を催した。

この婚約が、王家が背後にあると思わせるために。

当主のいないゲーテ公爵家に、横やりが入らぬように配慮したのだ。

「王妃様」

お側騎士のセオがやってくる。

「どうだった？」

「概ね、好意的に受け止められています」

婚約発表後の王都の様子を探らせたのだ。

「そう……」

フェリアは、ラファトとサブリナがティーテーブルを離れ、薔薇回廊に歩いていくのを眺める。

「ラファト様はミタンニを魔獣から救った方でもありますので、王都の民のみならず、貴族らもこれといった悪評をたてられないのでしょう。……血筋もモディの王族、現状はアルファルド王弟養子となりますので、貴族からすれば自身より位の高い人物です」

セオの説明通りだ。

サブリナの相手と考えると、筆頭にあげていい人物だ。婿入りも問題ないのだから。

「それをいうなら、ハロルドでもいいようなものだけどね」

フェリアは、チラリと横を見る。

ハロルドが眉間にしわを寄せながら言った。

「ご冗談を」

フェリアのお茶のテーブルには、ハロルドとガロンがいる。

王妃宮の薬草関連の打ち合わせも兼ねた薬事官テーブルである。

「ゲーテ公爵家がダナンやミタンニだけでなく、アルファルドとまで繋がってしまったら、対外的にはよろしくない。というか、私とかりそめであっても婚約となれば、母国アルファルドの承認が必要になりましょう。早急な婚約はできませんでしたから」

「そうね。だから、養子のラファトだった。……ラファトしかいなかった？　いえ、ラファトでないと駄目だった？」

フェリアは、ゲーテ公爵の意図を思考するが、もちろん答えは出てこない。

「どうせ、一週間後には判明するんだろぉ」

ガロンが欠伸を噛み殺しながら言った。

ゲーテ公爵は一週間後には帰還するだろう。

「それより、この文を頼まれたんだけど」

ハロルドから差し出された文を、フェリアはゾッドに目配せして検分させる。

便り所経由での文だ。文には、経由した便り所の押印がある。

フェリアは横目でそれを確認し、便り所が機能していることに安堵した。

「問題ありません」

ゾッドから文を受け取り、ハロルドに視線を戻した。

「アリーシャからなんだ。王妃様宛で文を出すのは、まだおこがましいとか、気が引けるとかなんとかってことらしい。まあ……私も最初はそうだったからわかるけど」

アリーシャの心情が理解できるのだろうハロルドが、そっぽを向きながら言った。

フェリアはクスッと笑う。

アリーシャはマクロンのいとこで、ハロルドと同じようにフェリアを欲し策略を巡らせた過去がある。

現在は、フェリアの配慮で、ミタンニで秘花の品種改良に取り組んでいる。

フェリアは文を開いた。

秘花の品種改良の経過報告である。ハロルドに文を託したのも頷ける。

「まさか、眠りの花と幻惑草をかけ合わせてみたいなんて、私では思いつかなかった」

ハロルドが唇の端を少しばかり噛んで悔しさを滲ませた。

アリーシャの文は、かけ合わせの承認と、幻惑草の使用許可のお伺いだった。

「ミタンニに近い草原の文化圏では、幻惑草も幻覚草も高価だが流通している。けれど、売っているのは正規の商人ではない。密売人とまではいかないけれど、その類いになるかな。そんなところから入手すると後々問題になるかもしれないから……ダナンというつてを頼りたいわけ」

フーガ領で栽培されている幻惑草のことを指すのだ。

「なるほどね」

フェリアは、文をガロンにも見せる。

ガロンの目は楽しげだ。つまり、眠りの花と幻惑草のかけ合わせに興味を示している。なんなら、自分でもやってみようと思っていそうだ。

「このかけ合わせを目にしたら、他も考えられるなぁ」

目覚めの花と幻覚草も然り。反する効能のかけ合わせも考えつく。眠りの花と幻覚草、目覚めの花と幻惑草も。

「そう、上手くはできないと思うわ」

フェリアはガロンの手から文を抜き取った。

「品種改良なんて、千の失敗一の成功さぁ。だから、どんどん挑んでいこう」

ガロンの言葉に、フェリアもハロルドも頷いた。

「それで、メルラがダナンに来るのね。道中、大丈夫かしら？」

文にはアリーシャの元で働くメルラを向かわせたとも記されている。

メルラは、ミタンニの証である指輪を身につけているダルシュを追って、ダナン王城に潜り込み、セナーダ政変時に王城の異変を知らせ、惨劇を防ぐ一助となったミタンニの民である。

ミタンニ復国は、メルラから始まったと言っても過言ではない。

そのメルラは、アルファルドにいた頃からアリーシャの侍女で、ミタンニが復国した今でも、傍で仕えているのだ。

人を介さず、幻惑草を自身の元まで運ばせるためにメルラを遣わせる。

もちろん、かけ合わせの承認と幻惑草の使用許可が得られなければ、メルラは帰していいと記されていた。

「あの侍女なら問題ないさ。潜り込むのが得意だし、ミタンニの民は不屈の精神の持ち主だしね」

ハロルドが言った。

「確かに、そうね」

フェリアはメルラの来訪を心待ちにするのだった。

心待ちにするのは、メルラだけではない。フェリアは、誰(だれ)よりもゲーテ公爵の帰還を心待ちにしている。

一週間ほど過ぎれば、きっとサブリナとラファトの婚約の背景もわかるからだ。

「すごくモヤモヤしています」

「まあな」

マクロンが胸元(むなもと)を押さえるフェリアの手に、自身の手を重ねた。そのまま、フェリアを背後から抱(だ)き締(し)める。

フェリアはマクロンに体を預けた。

「はぁ」

マクロンを背もたれにして、フェリアはため息をついた。

お茶会の時のサブリナを思い出すと、ため息しか出てこない。

穏やかに交流する二人に見えた。一般的な……婚約者同士のそれに。

だが、ラファトもサブリナも、一線を引いているのは明らかだ。どう転ぶかわからない婚約なのだから。

サブリナはビンズにだけ、素の表情になる。ラファトの前では仮面を被ったような笑みだ。それこそ、公爵令嬢サブリナである。

「一週間って、こんなに長く感じるものかしら？」

まだ伝鳥の知らせから一日しか経っていない。

「早馬騎士が着くなら、明日か明後日か。確かに気を揉むな」

マクロンがフェリアの頭に軽く唇を落とす。

「目覚める度に一日が過ぎるのだから、さあ寝よう」

マクロンがゆっくりフェリアをベッドに横たえた。

優しく髪を撫でるマクロンの胸元に、フェリアは顔を埋めた。

「ビンズとどう顔を合わせればいいのかしら？」

「心が痛むか？」

マクロンがフェリアの背中をポンポンと叩く。

「まあなあ……こればかりは、どうにもならん。ゲーテが帰るまでは、王妃の顔で接すればいい。慰めもおかしいし、叱咤激励も意味がない」

「ビンズに、騎士であることを求めるだけになるのですね？」

フェリアはもぞっと動いて、マクロンを見上げた。

「それが奴の望む元々の姿だろう？　約束は違えぬはずだ」

マクロンの言い回しに、フェリアは笑みを浮かべる。

「そうですね。ビンズは根っからの騎士ですわ。私たちが信じなくてはならないのに、どうかしていました」

フェリアは、マクロンの顎にチュッとキスをした。

マクロンの優しい愛が、今夜もフェリアを包むのだった。

3 狩りの獲物

婚約発表の翌日。

ラファトは王都に出ていた。

警護はゲーテ公爵家本屋敷とサブリナについているため、ラファトにはいない。

草原の衣装を脱いだラファトを認識できるダナン貴族は少なく、声をかけられることはない。

王都では、ラファトの名を騙ったモファァト王子の印象の方が強いのだ。

「贈り物といったら花かな」

昨日のお茶会でのサブリナを思い浮かべ、ラファトは考える。

「草原暮らしだったから、花なんてわからないし……」

貴族御用達の店を一瞥して、ため息が出た。

「無理だ、入れない。ハロルドも連れてくれば良かった」

そうしたら、貴族御用達の店にも入れただろうし、何を贈ったらいいのかも訊けただろう。

「かけ合わせがどうのこうのって、ガロンさんと話し込んじゃっているし、声をかけづらかったからな。……でも、こうやって一人でのんびり歩くのは、いつぶりだろう?」

命を狙われず、自由に歩き回れるのは、ラファトにとって新鮮だった。

そう気づくと、ラファトは頭に手を組んで口笛を吹く真似事までして、軽い足取りになる。

あちこちと自由に気の向くままに進んでいく。ダナンの王都は広いといっても、草原の比ではなく、ラファトは疲れることなく色んな店を窓越しに覗いては通り過ぎる。

夕刻が迫り、街灯が灯り始めてもなお王都は活気に溢れていた。

露天市場に辿り着く。

「まだ、店が出ている」

露天市場は自由に出店できるため、閉店時間の規制はない。それこそ、夜だけ営業の店もある。

宿場町に泊まらず、露天市場で一夜を過ごす旅人もいるくらいだ。

特に、建国祭を間近に控えた今の王都は、昼夜関係なく商売の場になっている。

だからこそ、第二騎士隊が見回りを強化しているのだ。

「すごいな……ダナンは」

草ばかり見て暮らしていた頃とは大違いだ。

「旦那」

トントンと後ろから肩を叩かれ、ラファトは『ん？』と喉を鳴らしながら振り向いた。

「ギアドか⁉」

見知った顔があり、驚きの声を上げる。

ギアドが『へへへ』と笑った。

「どうして、ダナンに？」

「そりゃあ……」

ギアドがニヤニヤ笑ってラファトの耳に近づく。

「旦那を頼ってさ」

「はぁ？」

ラファトが訝しげにギアドを見る。

「いやいや、それにしても旦那もすごいねぇ」

何やらねちっこい語尾でギアドがウンウンと頷いている。

「いやね、俺は口には出して言わなかったが、旦那は大成するってわかっていたさ」

ラファトには、ギアドの言葉の意味がわからない。

「商いでダナンに？」

ラファトは訊いた。

ギアドこそ、草原の地でラファトに八割増しの値段で物資を売っていた張本人である。

つまりは、隠れ村の密売人ということだ。

一族がラファトだけとなって、他の者は顔を見せなくなったが、ギアドは物資を売りつけに来ていた。

「それとも、秘密の依頼か何か？」

ギアドがニヤニヤしている。

「すっとぼけないでくださいよ。いやあ、旦那もやるもんだ。すでに、獲物に輪っかかけちゃってるんだもんな」

「獲物？」

「だが、獲物はちゃんと喰わにゃあ、かっ攫われるかもしれねえ」

ラファトはギアドをジッと見つめた。

ギアドが不思議そうにラファトの視線を受けている。

そして、ハッとすると口を開く。

「もしや、旦那は何も知らないで獲物に輪っかをかけたのかい⁉」

ギアドがラファトを引っ張って物陰へと促す。

「まあ、真偽はわからねえが……」

身を屈め、ギアドがヒソヒソと話す。

ラファトもそれに合わせて身を寄せた。

「隠れ村に情報が舞い込んだ。モディの跡目争いが新たな局面になったってな」

ラファトは眉間にしわを寄せた。すでに、その争いから離脱しているが、いつ火種が飛んでくるかわかったものではない。

父であるモディ王がダナンに出した文には、ラファトの名が挙がっていたのだから。

「生き残った者は、武者修行でモディを離れているんじゃないのか？」

ギアドがとんでもないと、手を横に振った。

「生き残った王子らは、互いに牽制し合って草原から出ちゃいねえ。まだ、半信半疑なのさ、いつ寝首を掻かれるかとな。武者修行を言い渡したモディ王の周囲にいた方が、安心だってことだ」

父であるモディ王の命令に反して、首を狙う所業はできない。草原に留まって周囲の動向を窺っているのだろう。

いや、つてもなく他国に向かうことはできなかったのかもしれない。魔獣暴走の件もあり、周辺国では冷たい対応をされるのは明らかだ。

「そんで、モディ王は痺れを切らしたらしい。獲物を……」

ギアドがいっそう身を屈めた。

「……獲物を定めた。武者修行の強制さ。狩りの場は」

ギアドが指を下に向ける。

「ダナン⁉」

ギアドが頷く。

「詳しく教えてくれ！」

「もちろん、これさえ貰えれば」

ギアドが人差し指と親指を繋げて輪っかを見せてくる。つまりは、金を寄越せということだ。

ラファトは迷うことなく、贈り物用の金をギアドに渡した。

「へへへ、ここまで来るのに足代が高くついちまって、懐が寂しくてよ」

ギアドがほくほくした顔つきで、懐にしまう。

「それで？」

ラファトは逸る気持ちのまま問うた。

――――――

王城に向けて、ラファトは全速力で走っている。

ギアドの話から、ゲーテ公爵が焦った文を出した理由がわかった。

城門への道が開けたと同時に、視界の隅にはゲーテ公爵家も映る。

王城とゲーテ公爵家は目と鼻の先だ。

「どっちに先に知らせればいい⁉」

ラファトは、王城とゲーテ公爵家に視線を行き来させる。

「いくら婚約者になったからって、夜の訪問は不審に思われるよな。それに、よそ者の言葉なんて信じないか。まずは王様、王妃様になんとか伝えないと！」

ラファトは王城へと一直線に走り抜けた。

マクロンとフェリアは、ラファトの緊急面会の要望を番長から聞いて、王塔の私室にラファトと番長を入れた。
緊急の面会要請は役人を通した通常ルートでは許可が出ず、ラファトは番長を頼ったのだ。
「急を要します！　すぐに、サブリナ様の警護を強固にしてください！」

挨拶もなしに必死の形相で、入室直後のラファトが発する。

「落ち着いて、ラファト。何があったの？」

フェリアは、汗だくのラファトに水を差し出す。

「説明の時間も惜しいのです。サブリナ様の警護を、ゴホッ」

焦りのあまりか、ラファトがむせる。

「番長とセオ、ローラはすぐにゲーテ公爵家へ行き、サブリナの警護を」

フェリアは、ラファトを落ち着かせるために、詳細を聞かぬまま要望に応えた。

「近衛隊長、数人出せ」

マクロンも近衛隊長に命じる。

本来なら、近衛を出すなどもっての外だが、ラファトの尋常ではない様子に、マクロンは王の権限を行使したのだ。

ラファトはそこでやっと落ち着いたのか、フェリアの差し出した水を一気に飲み干す。

「首狩りが華狩りになったようです！」

その言葉を皮切りに、ラファトがギアドから伝え聞いた話をし出した。

「始まりは、ゲーテ公爵様を招待した酒宴だったと聞きました。ダナン騎士らによる開墾を感謝する酒宴がモディで開かれ、ゲーテ公爵様が呼ばれたのです」

その知らせは伝鳥で知っていた。

ダナンの騎士が開墾を終え、モディから退いた後に開かれた酒宴である。

マクロンもフェリアも、ラファトの言葉に頷く。

「酒宴では、モディに残って暮らすことを決めたミタンニ出身の民が給仕していたそうで、情報はその元ミタンニの民から出たようです。ゲーテ公爵様がミタンニに帰っても、酒宴は続きました」

迎えの宴、送りの宴、名残の宴という草原の風習なのだ。

「『再び芽を出した国の王妃の妹は、未だ華のままだそうだ』と、王子らを集めた三日目の名残の宴でモディ王が……ほのめかしたのです」

「え？」

フェリアは思わず、反応した。

「それは、ミタンニ王妃イザベラの妹サブリナは……未婚の令嬢だとモディ王が口にしたということか？」

マクロンが問う。

「明確に口にせず、ほのめかしたのです、きっと」

ラファトが続ける。

「王子らで殺し合う跡目争いは頓挫しましたが、生き残った王子らは疑心暗鬼で、武者修行に出ていない。モディ王は、痺れを切らしていた。先の言葉に続き、『大国と医術国に強大な後ろ盾を持つような王子はまだ一人だけか』と呟いた」

　フェリアの背中にザワザワと悪寒が走り、目眩がした。

　マクロンがすぐにフェリアの腰を抱く。

「そして、『同じ土俵に立つ者はいないのか』と言ったそうです」

　ラファトがマクロンとフェリアを見つめる。

「つまり、武者修行に出て後ろ盾を得よと、狩りの獲物を遠回しに示した」

「獲物はサブリナ……だと？」

　フェリアの言葉にラファトが大きく頷いた。

　ダナンとアルファルドという後ろ盾を持つラファトのように、華を獲ることでダナンとミタンニという後ろ盾を得よ、とモディ王は言葉巧みに生き残った王子らを促したのだ。

　大国ダナンの高位貴族令嬢、復国ミタンニ王妃の妹……『大国と復国に強大な後ろ盾を持つ王子になる』わけだ、サブリナを得れば。否、獲れば。

「なるほど、首狩りが華狩りになったということか」

　モディの跡目争いは、草原からダナンへと狩り場を移し、首狩りから華狩りへ変わったのだ。

「このモディ王の言葉が、元ミタンニの民から現ミタンニの民に伝わり、ゲーテ公爵様に届いたのだと」

「それで、ゲーテは焦ったわけだ」

「はい、そうだと思います。ですが、伝え聞いた噂話のような情報のため、真偽はわかりません」

「確かに、正確性に欠ける情報だな」

確かめている間にも、サブリナに魔の手が伸びるかもしれないと、ゲーテ公爵は思案して伝鳥を飛ばしたのだろう。

そして、帰還は決まっていることなのだから、予定を早めてダナンに向かうことにした。

今頃、エミリオが探っているだろう。

早馬騎士は真偽がわかってからになりそうだ。

「真偽がどうであれ、モディの王子がダナンの貴族令嬢に求婚に向かうことは止められない」

対外的に見れば、そう映るのだ。

「草原ではあるまいし、文化圏の違う他国で勝手な行いをできるとでも？　モディ王は何を馬鹿げたことを！」

フェリアは思わず大声になった。

「『ダナン騎士の場外戦に感謝して、同等のお返しも必要だろう』、そうモディ王は言ったとも」

その言葉の意味がわかるだろうと、ラファトはマクロンに視線で訴える。

「……モディでダナンの騎士が場外戦たる開墾を行った。同様に、ダナンでモディの王子が場外戦たる華狩りをお返しするというわけか」

モディ王は、これまでマクロンやフェリアが対峙してきた者とは違うようだ。

「でも、ラファトが婚約者になったわ」

「一時の躊躇の時間を与えるだけに過ぎないでしょう。サブリナ様は……未婚、華のままなので」

ラファトがすぐに返答した。

「でも、サブリナを得て、ゲーテ公爵家に婿入りするの？　跡目争いにはなり得ないじゃない」

フェリアの発言に、ラファトが静かに首を振る。

「私と同じです」

ラファトが悲しげに口を開く。

「私の母と同じと言った方が正しいでしょうか。草原では通い婚の外妻と、帯同する内妻が風習として残っています。モディ立国に伴い内妻は妃になりました。外妻は通いのモディ王を待つその日暮らしの生活でした。いえ、今もなお同じ境遇の者はいるでしょう」

ラファトの言葉にフェリアは苦悶の表情になる。

それが、過酷な草原暮らしとなったラファトの境遇である。

「サブリナを……外妻にするとでもいうの⁉」

フェリアは感情を露わに叫ぶ。

「フェリア、落ち着け」

マクロンがフェリアをなだめた。

「跡目を狙っている王子らは、そのつもりでしょう。草原とは違い、外妻という強力な後ろ盾を得て跡目となれる。反対に、私のように命を守りたい王子には格好の獲物です、ゲーテ公爵家への婿入りは」

「ゲーテ公爵がそれを許すはずがないわ‼」

フェリアは高ぶった感情を抑えられない。

「許したくなくとも、受け入れるしかなくなると言うのだな。華を手折った責任を口にして」

マクロンがフェリアとは反対に冷静に言葉にした。

フェリアの手が強く握り拳を作った。

「すでに、生き残った王子や配下らはダナンに潜伏していてもおかしくはありません。この情報は、私の顔見知りの隠れ村の密売人から露天市場にて得ましたので」

マクロンの顔色がサッと変わる。

すぐに近衛隊長に目配せした。王都の関所を通過した者の名簿を用意させるためだ。

「建国祭を控え、ダナン王都の門戸は開いている。絶好の機会というわけか」

マクロンが苦虫を噛み潰したような表情になる。

「マクロン様、サブリナを王城に。王妃宮が一番安全ですわ」

「そうだな、そうしよう」

マクロンがサブリナ登城を指示しようとした時、廊下から駆け足が近づいてくる。

マクロンとフェリア、ラファトが顔を見合わせた。

嫌な予感が三人の脳裏を過る。

「失礼致します！　王都より緊急の知らせです」

騎士が血相を変えて入室してきた。

「ゲーテ公爵家に何者かの侵入があった模様！」

ラファトとの婚約は、一時の躊躇も与えなかったようだ。

「サブリナは無事なの!?」

フェリアは悲鳴のように叫んだ。

「先に、公爵家に行くべきだった」

ラファトが後悔を口にする。

「夜中に屋敷に通してはくれんさ。王城でも面会が通るまで時間がかかっただろ？　最善の判断だった。早急に知らせてくれて感謝する」

マクロンがラファトを労う。

また、駆け足が近づいてくる。

「失礼致します！　王都よ」

「報告しろ！」

騎士の言葉を遮って、マクロンが言った。

「サブリナ様の部屋に押し入った侵入者と女性騎士が応戦。ビンズ隊長の参戦により、侵入者逃亡。現在追跡中とのこと！」

報告を聞いて、体の力が抜けたフェリアをマクロンが支える。

「大丈夫か？」

「ええ、安心して力が抜けてしまいました」

騎士がマクロンとフェリアの様子を見ながら続ける。

「屋敷内の警護態勢を確認して回っていたビンズ隊長が、異変にいち早く気づいたようです」

「……流石、ビンズですね」

「まあな。あいつは、ゲーテとの約束を忠実に守っている」

約束を違えぬのが騎士なのだ。

マクロンとフェリアは、指揮を執るため王塔の執務室に移動した。

サブリナを王妃宮で保護するのは、深夜の移動を避けるため明日に持ち越しとなった。

サブリナの安全はビンズがいれば問題ない。

まずは、ゲーテ公爵家へ侵入した者の捕獲が優先だ。

「新人の騎士らでは連携も取れていないだろう」

新たに採用した王妃近衛候補や女性騎士主体の警護だったからだ。それも、警護態勢を取って一日やそこらで、実践となってしまった。

現場は混乱していよう。

「第四騎士隊も合流させたが、遅きに失したな」

マクロンは窓を一瞥する。

「……もう王都に潜伏しているのか」

情報をもたらしたギアドは、狩り場にいれば王子らから秘密の依頼が舞い込むと踏んで、ダナンに足を運んだそうだ。

流石、隠れ村の密売人と言うべきか。金を生む場への嗅覚に従ってダナンにやってきたわけだ。もちろん、ラファトに会えることも見越していたことだろう。

「そういえば、生き残った王子らは今何人でしょう」

フェリアが首を傾げながら言った。

「確か……」

マクロンは執務机の引き出しから書類を出して確認する。

第四騎士隊隊長ボルグのモディに関する報告書だ。

ボルグは、モディへ代替え支援物資の運搬と開墾だけに行ったわけではない。モディの情報も得てきている。

「二十六人中、生き残っている王子は九人。ラファトとモファト王子を抜かすと、残り七人が跡目争いをしていることになるな。いや、生き延びるための争いか」

跡目を狙う者にとっても、生き延びたい者にとっても、華狩りは有効なのだ。

「早急に七人の王子の情報が必要ですわ」

警護するなら、敵を知らねばならない。

「そうだな。そのためにも、侵入者を捕らえられればいいのだが」

そこから、芋づる式にわかるからだ。

「あっ！」

「どうした、フェリア？」

「癒やし処の商人らに訊いてみましょう。彼らは、草原の行商人です。モディの情報にも詳しいでしょうし、王子らも見知っているかもしれません。モディの王子らの似顔絵を……」

フェリアが言い淀んだ。

マクロンは口元を手で押さえる。

それに気づいたフェリアが、ジトッとマクロンを睨んだ。

マクロンは、少しばかり膨れたフェリアの頬をツンツンとする。

「ラファトにも協力を頼もう。立国後の王子はともかく、草原暮らしの王子は知っていよう」

フェリアが頷く。

「私の似顔絵では、サブリナを救えませんわ。凄腕絵師に描いてもらいましょう」

「ハハ、フェリアは私しか描けぬからな」

「マクロン様ったら！」

先ほどまでの緊迫した空気が、やっと穏やかに変わる。

「少しばかり仮眠を取ろう」

マクロンは、フェリアをソファへ促した。

ソファに体を沈めたフェリアが欠伸を噛み殺す。

「先に、フェリアが寝てくれ」

マクロンはソッと毛布をかけて、フェリアの頭を撫でた。

「ちゃんと、起こしてくださいね」

「ああ」

マクロンはフェリアの瞼を撫でて閉じさせた。

近衛隊長が気を利かせ、衝立を持ってくる。

「おやすみ、フェリア」

緊張の糸が切れたフェリアは、瞬く間に眠りについた。

建国祭と同時に癒やし処も新装開店することになっており、フェリアは準備に追われ疲労が溜まっている。

それは、サブリナも同様だろう。

そこに来てのこの騒動だ。

「ちゃんと寝かせてやりたいな」

しばらく経ち、マクロンは深く眠りについたフェリアを抱き抱え、寝室のベッドへ横たえたのだった。

「なんだと⁉」

マクロンの声で、フェリアは目覚めた。

「本当か⁉」

フェリアは、飛び起きる。

辺りを確認し、寝室に運ばれたのだとわかった。

窓から朝日が差し込んでいる。

「嘘つき」

ちゃんと起こしてほしいと言ったのに、とフェリアは優しい嘘に微笑む。

「まさか……嘘だろ……」

この声は、執務室からだろう。

フェリアは、ベッドを下りて執務室へと繋がる扉を開ける。

「どうしたのです、マクロン様？」

マクロンの前でセオが膝をついている。

マクロンは、口を開けるが言葉が出てこない。

「マクロン様？」

「信じられないことだが……」

フェリアは、マクロンの動揺にただならぬことが起きたのだと察する。

「もしや、サブリナの身に何かあったのですか⁉」

「いや、違う。いや、違わないか」

マクロンが困ったように頭を掻く。

「サブリナとビンズが消えた」

「え？」

「攫われたわけではない。ビンズの書き置きがあった」

フェリアは、状況が呑み込めない。

マクロンがセオに言ってくれと促す。

「『二人で安全な場所に行きます』と、サブリナ様の部屋に書き置きがあったのです」

フェリアは、そこでやっと理解が追いついた。

「か、かけ、駆け落ちですかぁぁぁぁぁぁぁ⁉」

衝撃が落ち着いて、マクロンとフェリアは話し始める。
「ビンズは、詳細を知らない状況で判断したのだな」
ギアドから聞いた話をラファトがしている途中で、襲撃の報告があった。
先んじて警護に赴いていた番長とセオ、ローラはラファトの話を聞いていない。

華狩りの件は伝わっていないのだ。

「ゲーテ公爵家、いえ、王都は安全ではないとビンズは判断したのだと思いますわ」

「ああ、フェリアの言う通りだ。昨夜の襲撃後には安全な場所に出発したのだろう」

普通なら、襲撃後の夜になど移動はしないだろう。だが、襲撃後だからこそ失踪には打ってつけである。襲撃者は逃亡で必死、襲撃現場は混乱して人の目は散漫だ。

「奇妙な婚約劇や警護態勢の変更も含め、ビンズはサブリナに危険が迫っていると予想して、安全な場所に向かっているのでしょうね」

「たぶんな。……約束を違えぬためだ」

マクロンはフッと笑った。

「ゲーテ公爵が戻るまでは、サブリナ共々身を潜めていると？」

フェリアが問う。その顔にも笑みが浮かんでいた。

「誰も行き先を知らぬなら、追跡も難しい。特に、ダナンに詳しくないモディの王子や配下らはサブリナを見つけることは不可能ではないか？」

マクロンとフェリアはホッとひと息つく。

「ならば、私たちもあえてサブリナが王都にいるように装わなければなりませんわね」

「その通りだ。元より、二人の駆け落ち劇など公にはできぬ」

「ビンズは、駆け落ちになっていると気づかずに、サブリナの身の安全を対処したように思いますわ」

フェリアがクスッと笑いながら言った。

「……かもしれぬな。天然で崇高な行動で、鈍感ゆえ駆け落ちになっているとわからない。素でサブリナに全身全霊で守ると宣言していそうだな」

マクロンもクッと笑った。


昼前に、襲撃者の捕獲が伝えられる。

だが、襲撃者はモディの王子でも配下らでもなく隠れ村の密売人であった。

「大金を得ようとしてギアド同様にダナンにやってきて、モディの王子に『華』を献上しようと画策したと言っている」

マクロンが眉間にしわを寄せながら言った。

『華』という商品に、一番高値を示した王子に売りつける。隠れ村の密売人ならやりかねないことのように思える。

「では、今回の襲撃にモディの王子は関係がないと?」

フェリアは訝しげに問う。

「微妙だな」

モディの王子が、隠れ村の密売人に指示した可能性も残っている。

「泳がせれば、モディの王子に辿り着けるかもしれんが」

フェリアは首を横に振る。

「そんな安直な動きを、隠れ村の密売人はしないでしょう」

一度捕まったなら慎重になるはずだ。

「もう少し尋問を続けさせるが、口にしている以上の情報は得られないだろうな。……王城の地下牢に留めるよりフーガにでも送ってしまうか」

マクロンが言った。王都にいると見せかけているサブリナから遠ざけるように見えるだろう。

「とりあえず、ラファトと草原の行商人らに訊いて、モディの王子らの似顔絵を準備することと、ギアドからもう少し詳しいことを訊いた方がいいでしょう」

「ああ、そうだな。モディの七人の王子とその配下らを見つけ出し、見張らねばな」

サブリナのことは、ビンズが必ず守ってくれるはずだ。

マクロンとフェリアは、モディの王子のことだけに集中することにした。

すでに、王都を出ていたサブリナとビンズは目的の場所へと進んでいる。

事業のための多毛草刈り用に準備していた服をサブリナは着ていた。化粧はせず、白銀の髪は括り上げてほっかむりをしている。

ビンズも無精髭を剃らずに平民服を着ている。帯剣は小刀に変え、剛鉄の泥団子などが入った巾着を腰に下げていた。

国道は通らず、道なき道を進んでいる。

カサカサと物音がして、ビクンと反応したサブリナがビンズの袖をギュッと摑んだ。

「小兎ですね」

ビンズはサブリナに優しく伝える。

サブリナの震えに、ビンズは思わず袖を摑む手を撫でた。

貴族令嬢には触れられないビンズだが、今のサブリナには自然に触れることができている。本人に自覚はないのかもしれない。

「全身全霊でお守りします」

ビンズはサブリナを見つめて言っていた。……やっぱり自覚なしである。

サブリナの頰が熟れる。

「もしや、熱が⁉」

ビンズの手がサブリナの額に移動する。

サブリナがいっそう紅潮する。

「襲撃の心労後で強行に移動し、熱が出たのでしょう。背負いますので」

ビンズはサブリナに背を向ける。しかし、そこでハッとして止めた。

「背中では、サブリナ嬢の顔色も見えませんし、背後を突かれたら危険です」

ビンズは少し屈んでサブリナを横抱きに持ち上げた。

サブリナが咄嗟に、ビンズの首に腕を回す。

「ビ、ビンズ⁉」

サブリナの心情は……言うまい。

「良かった。やっと、声が出ましたね」

襲撃の恐怖から、サブリナは声を失っていたのだ。

サブリナの口がハクハクと動く。まだ、何かを紡ごうと必死だ。

「無理をなさらずに」

ビンズは優しく笑んだ。

「ビンズ……」

サブリナはビンズの名だけを呟く。

「しばし、我慢ください。すぐに体を休める場所に向かいます。辛いなら、私の胸に顔を埋めていてください」

サブリナの鼓動は……言うまい。

「走ります」

ビンズは駆け出した。

マクロンの予想通りであった。

伝鳥の文から一週間が経った。

フェリアは気を揉みながら過ごしている。

「ゲーテ公爵はまだかしら？」

ゲーテ公爵が帰還すれば、今後のことも決められる。モディの王子らにつけいる隙を与えないように、サブリナとビンズを取り持つことになるだろう。

かりそめの婚約を解消することも含め、建国祭前に全てを終わらせられるか微妙なところだ。

何より、当人らが姿を眩ませているのだから、そこも問題である。

しかし、今のところ、ビンズを信じるしかない。ゲーテ公爵の帰還まで、サブリナの身を守ると誓ったのだから、ゲーテ公爵の帰還が伝われば姿を現すと思われる。

ゲーテ公爵家襲撃の件は、建国祭間近の賑やかな王都で、酒に酔って羽目を外したよそ者の所業だったと公表した。

そして、サブリナと公爵夫人バーバラは、ゲーテ公爵の帰還まで王妃宮で過ごすことになったと広めてある。

ゲーテ公爵夫人バーバラは、サブリナの失踪に卒倒しかけたが、ビンズも一緒だと知ると『ならば、安心ですね』と納得していた。

フェリアは、状況を把握しながら政務をこなしている。華狩りの件だけに時間は割けないのだ。

「王妃様、メルラが面会を希望しています」

ゾッドが、フェリアに伝える。

「あら、もう着いたのね」

「便り所の文を運ぶ馬車に潜り込んで……便乗させてもらい、予定より早く着いたとのこと」

ゾッドがコホンと咳払いしながら言い直した。

フェリアも思わずクックッと喉を鳴らした。

「前回同様に、潜り込むのが得意ね」

便り所を使って文を出し、その文を運ぶ馬車に便乗したのだから呆れるしかない。

「ガロン兄さんとハロルドと一緒に会いましょう」

メルラとの面会は、31番邸のティーテーブルで行われることになった。惨劇があった場を面会場所にしたのは、その記憶を上書きさせるためだ。緑豊かな31番邸で、メルラがスーッと息を吸い込んでいる。

「気持ちのいい空気！」

「もう、血の臭いはしないわ」

フェリアは深呼吸しているメルラの傍に歩み寄りながら言った。

メルラが慌てて膝を折る。

「ミタンニのメルラ、アリーシャ様の遣いで参りました」

復国叶ったことが誇らしいのか、ことさら自国の名を響かせ、メルラが言った。

「よく来たわね。ゆっくりしていって」

フェリアの労いの言葉に、メルラが嬉しそうに顔を上げた。

「いいえ！　ゆっくりなどしていられませんわ。ミタンニの発展のために頑張ります！　どうか、アリーシャ様の品種改良の件、快諾をお願い致します」

フェリアは、メルラの溌剌とした勢いに若干引いた。

ミタンニからここまで、遠い道のりだったはずだ。気負いすぎていないかと、メルラの顔色を窺う。

「疲れていないの？」

「大丈夫です！」

ここまで元気のいいメルラは初めてで、フェリアは面食らった。

惨劇時の血まみれのメルラの姿が鮮烈に記憶に残っている。

「体は丈夫にできているので！」

「そ、そう」

「はい！」

フェリアは、ハロルドとガロンが待つティーテーブルへメルラを促した。

メルラはお茶も飲まず、ミタンニでのアリーシャの様子を語り、品種改良の進捗状況も詳しく説明する。

「へえ、アリーシャにしてはなかなか」

ハロルドが言った。

アリーシャは植物の育成に不得手で、もっぱらメルラが行っている。しかし、研究や品種改良の着想や構想に関しては、アリーシャの着眼は良いものだった。

「アルファルドでは宝の持ち腐れだったのね」

秘花の栽培こそが、アルファルドでは重要だったからだ。秘花の栽培ができない王族は、軽んじられている。

だが、それも昨今のダナンとの関係で変化してきているらしい。

アルファルドも変容の時期なのだろう。

「それで……」

メルラが祈るように両手を組んでフェリアを見つめる。

「どうか、どうか、フーガへ向かわせていただけませんか？」

「幻惑草なら、王都でも準備できるわよ」

7番邸では、密かに幻惑草も栽培している。バロン公がフーガから王城に来る際、一部を運んでもらい植え替えたのだ。

「現物を見て観察し記録しなければと思います。もちろん、幾ばくか提供もお願いします。アリーシャ様は、資料から様々な発想をするので、できるだけ多くの記録資料を作成したいのです」

メルラがフェリアを拝むように見つめてくる。

幻惑草があるフーガの幽閉島は易々と入れる島ではない。マクロンとフェリアどちらかの許しがなければならないのだ。

「まあなぁ。現物を見るのも必要だろうなぁ。研修で思い知ったさぁ」

ガロンが口添えした。

それこそ、新たに採用した医官や薬事官候補の薬師を研修するガロンである。薬になる最初の状態から知ることが、いかに重要かをわかっている。

フェリアは研修時に、薬草を踏んづけている新米医官の姿を思い出した。

「私もアリーシャも秘花以外にやっと着目し出したわけだ」

ハロルドが呟く。

「そうね……、フーガの幻惑草に詳しいバロン公と一緒ならいいでしょう」

フェリアの言葉にメルラの表情が一瞬曇るが、すぐに目を輝かせた。

そういえば、メルラが初めてダナンを目指した時、バロン公の馬車に潜り込んだのだったなと、フェリアは思い出す。そのことが気まずいのだろう。

「今度は、潜り込まないで向かってね」

メルラがアワアワし出した。

「もちろんです！」

「……今回のダナン訪問だって、便り所の馬車に潜り込んだのだろ？」

ハロルドがメルラを叱るように言った。

「はぃ……申し訳ありません」

メルラは身を小さくしたのだった。

「おかしい」

マクロンは顔を曇らせる。

伝鳥の到着（とうちゃく）から十日経ったにもかかわらず、ゲーテ公爵がダナンに到着していないからだ。

「ミタンニを出発して、二十日経っているはずだ。急ぎダナンに向かったのなら、到着していてもおかしくない。……それとも、そこまで急いでないのか？」

マクロンは胸騒（むなさわ）ぎを覚える。

「失礼致します」

険しい顔つきのマーカスが執務室に入ってくる。

「なんだ？」

「モディの第一王子が面会を求めております」

ここ数日で、王都にモディの王子らしき者が集結している。草原の服装と準備した似顔絵、例の髪留めでだいたいはわかるからだ。

騎士らによる監視（かんし）も行っているが、配下や隠れ村の密売人にまでは目が行き届かない。

首狩りをした王子には配下が増えているため、その全てを把握しきれないのだ。

サブリナとゲーテ公爵夫人バーバラは王妃宮に保護していると広めてあるため、幾度か王城への侵入未遂があったのだが、全員隠れ村の密売人で、捕獲してはフーガの幽閉島に送っている。

モディの王子や配下らはなかなか尻尾を出さない。

そんな中で、モディの第一王子からの面会要請だ。

「やっと、動き出したか」

マクロンは『ハッ』と息を漏らす。

「だが、ゲーテが帰還するまで面会は引き延ばす」

マクロンの言葉にマーカスが首を横に振る。

そして、口元に手を添えてマクロンの耳に近づく。

「モディの第一王子から伝言です。『ご帰還を待つ者を保護している』と」

マクロンの片眉がピクッと反応した。

『してやられた』

内心で盛大に発した。

マクロンは頷くしかなかった。

二日後、モディの第一王子との面会となった。

対面するのはマクロンのみで、フェリアは次の間からその様子を窺っている。

次の間には、フェリアの他にモディの王子を知る草原の行商人ら、ラファトとギアドが控えていた。

ギアドには、情報料を支払っている。完全に信頼するまではいかないが、金さえ積めば機動的に動いてくれるのだから、使い勝手はいいはずだ。加えて、モディ側につかせないためでもある。

モディの第一王子は、年の頃四十前後。長髪を銀の髪留めで結んでいる。鍛え上げた体格が目を引く大柄な男だ。

堂々とマクロンの前まで歩き、両手を胸の前で重ね膝を折った。草原の挨拶である。

「お初にお目にかかります。モディ国第一王子エムバトです」

フェリアは、準備していた似顔絵を確認した後、次の間の者らに視線を送る。

皆が頷いた。偽者ではないようだ。

「ダナン王マクロンだ」

「面会を許可していただき感謝致します」

エムバト王子が笑みを浮かべる。

「早速本題に移りましょう。私が『保護』している者と一緒に、そちらが『保護』している『華』と語らいたいと思っております」

父親を倣って だろう、エムバト王子は明確に口にしない。

エムバト王子の手にあるゲーテ公爵と一緒に、サブリナに会いたいと言っているのだ。

「何を言っているかわからぬな」

マクロンがすかさず返した。

「そうですか？」

エムバト王子が不思議そうに首を傾げた。

「こちらが放った者が、情報を弟に流したはずですが……確か、ギア、ドだったか？」

次の間のギアドが必死に首を横に振る。

マクロンは表情を変えない。その程度の揺さぶりには動じないのだ。

フェリアも同様に、ギアドに笑みで返す。

ギアドがホッとしたように体を弛緩させた。

「我でなく、弟との面会を希望していたのか」

マクロンは腰を上げた。

「いえいえ、面会をしたいのは『華』です。モディの王子として、『華』への求婚をしたく参った次第です」

サブリナの名を出さぬのは、ラファトとの婚約が公表されたからだ。名を出してしまえば、すでに婚約済みだと断られるのだから。

「薬『華』の『球根』ならイザーズ領にあるぞ」

マクロンはクッと笑いながら言った。

エムバト王子の瞳が一瞬鋭くなるが、すぐに引っ込めて笑ってみせる。

「確かに、大国には多くの『華』がございますね。手に入れたいほどの」

今度は、エムバト王子がクッと笑った。

未婚のダナン貴族令嬢を指した言い方だ。他の『華』を狩るぞとの脅しでもある。

マクロンは、それでも表情を変えない。

反対に、フェリアは次の間からエムバト王子を睨み付けている。

「草原育ちの粗野な私たちは、間違って他の『華』を手折るかもしれません」

エムバト王子は引かぬようだ。

未婚の貴族令嬢全員を保護するわけにはいかない。

マクロンは上げた腰をゆっくり下ろした。そして、控えているマーカスに目配せする。

マーカスが一礼して出ていった。

無言でマクロンとエムバト王子が対峙している。

次の間では、息を呑んでその様子を皆が見つめている。

「少し時間がかかる。お茶でもどうだ？」

マクロンが言った。

エムバト王子が笑みを漏らした。サブリナを呼んでいると思っていよう。

「ダナンの王様は話がわかる方のようで安心しました。これからの新たなモディとよしなにお願いします」

自身が次期モディ王だと口にしたようなものだ。

そこで、フェリアはお茶を持って入室する。

エムバト王子がチラリとフェリアを見た。

「どうした、エムバト王子。挨拶をせぬのか？」

マクロンが冷めた視線をエムバト王子に向ける。

エムバト王子も冷えた視線をフェリアに向けた。

「ご冗談を。この者が『華』とでも？　銀糸の美しい『華』ではありません」

エムバト王子が鼻息荒く言った。

サブリナは確かに美しい白銀の髪の令嬢である。サブリナの容姿がモディ側に伝わっていることがわかる。

「私を偽者で欺こうというのか⁉」

エムバト王子がフェリアを威圧するように大声を上げた。女性に対して高圧的なのは、草原の慣習だろう。

「ダナン王妃フェリアですわ」

フェリアも負けじと対抗する。

「はっ⁉」

エムバト王子が怯んだ。

「なるほど、これが草原の女性に対する挨拶方法なのね」

フェリアは茶器をティーテーブルに置き、エムバト王子を見据える。

「本当に口にしていた通り粗野だこと」

「なんだと⁉」

一旦、大声でたがが外れたエムバト王子は思わず声を荒らげてしまった。

「ダナン王妃への無礼な物言い、エムバト王子はどう責任を取る？」

マクロンが立ち上がって、フェリアに歩み寄り腰を抱き寄せた。

それを見れば、フェリアが王妃であると一目瞭然である。

「クッ、取り乱してしまい、申し訳ありません」

エムバト王子が頭を深く下げ、大きく深呼吸し気を静めている。

「……こちらの『保護』している者に、重々謝罪しておきます」

ゲーテ公爵という盾を使ったのだ。

「さてと、一旦時間を空けた方がいいだろう」

マクロンが言った。

エムバト王子がグッと喉を鳴らす。

「こちらが『保護』している者も、『華』に会えるのを楽しみにしていましょう。どうぞ、迅速なご判断を」

エムバト王子が下がろうとする。

「もう行くのか？　見てもらいたいものがあったのだがな」

マクロンの言葉にエムバト王子が訝しげな表情になる。

そこに、盆を持ったマーカスが戻ってきた。

「モディの王子は髪留めで一目瞭然だ」

マクロンが、盆の上に並んでいる髪留めを一つ手に取った。

エムバト王子が驚愕している。

盆の上には、金と銀の髪飾りが六つ並んでいるのだから。

「ま、さか……」

マクロンがニヤリと笑う。

跡目争いの殺し合いでは、この髪留めを得るため首を狙うのだ。手に入れた髪留めこそ、勝利の証となる。

『まさか、王子の首を狩ったのか？』、エムバト王子の続く言葉はそんなところだろう。

「ここは、草原ではないわ。首なんて狙わなくても、これを奪うなど簡単よ」

フェリアは動揺するエムバト王子を笑って挑発する。

「『華』の色香でも使いましたか？」

エムバト王子がフェリアを睨みながら嘲笑する。

先ほどと同様に、女性を軽んじる傾向にある草原の慣習だろう。

だからこそ、華狩りだなどと馬鹿げたことをするのだ。

「『華』を軽んじるようでは、いつまでたっても繁栄しないだろうな」

マクロンが言った。

エムバト王子は不敵な笑みを浮かべる。

「他国の王子を理由なく捕らえたのですか？」

「さあな」

マクロンは肩を竦める。

「まさかと思いますが、捕まった他の王子らと引き換えに、私が『保護』している者を渡すとでも？　アーハッハッハ、これは愉快だ！」

エムバト王子が大笑いした。

「感謝する！　跡目争いで残っているのは私だけとなったわけだからな」

「夢見がちなところ悪いが」

勝ち誇ったように言うエムバト王子に、マクロンがクッと笑ってフェリアに目配せした。

「王子狩りなんてしていないわ。髪留め狩りをしただけよ」

フェリアはクスリと笑い、続ける。

「これなしに、モディの王子だと証明することは可能かしら？」

フェリアは、髪留めをツンと指で突いた。

「武者修行だったたな。モディ王の親書でも持っているか？」

マクロンも続ける。

エムバト王子が舌打ちし、眉間にしわを寄せた。

「……何を言っているのか、そちらこそ明確に口にしたらどうです？」

エムバト王子が苛々しながら言った。

フェリアは、大げさにびっくりしてみせる。

「わからないのですか⁉　モディ王ならすぐに察するでしょうに」

「うるさい‼」

エムバト王子が怒鳴った。

「女が口を出すな！　ッ……ウッ」

エムバト王子の拳が少し動くと同時に、近衛が剣を引き抜き、ゾッドがフェリアの盾に入る。

エムバト王子の首には剣があてられ、一瞬で後ろ手に拘束された。

王妃に盾突く者に剣をあてるのは当たり前である。

「ここは、草原ではない」

マクロンが静かな怒声を響かせる。

「威圧や横暴が通ると思うな」

エムバト王子が脂汗を流している。

「……こちらが『保護』している者がどうなっても構わないと？」

マクロンが鼻で笑う。

「『さっさと殺してくれ』、そう思っていることだろう」

「は？」

「そうすれば、我はお前の首を狩る大義名分を得るからな」

ゲーテ公爵なら、きっとそう思っているだろうとマクロンは言ったのだ。

「自称エムバト王子。マクロン様も口にしたように、一旦時間を空けた方がいいでしょ？」

フェリアは拘束されているエムバト王子の髪留めを引き抜きながら言った。

エムバト王子がもがくが、騎士らの拘束を解けるはずもない。

「まだわからぬようだから、明確に教えてやろう。お前たちに自身を証明する物はない。

親書も髪留めもない自称王子が『華』を狙えるのか？　『華』を狩った責任を取ることができるとでも？　身分のわからぬよそ者が、ダナンの『華』を傷つければ、その『首』をこちらが狩るだけだ‼」

マクロンは鋭い視線をエムバト王子に向ける。

「髪留めを返せ‼」

エムバト王子が血走った目で叫んだ。

「返してほしいならわかるな？　そちらが『保護』している者が『華』に会えるように迅速な判断をせよ。待てる時間は少ないと思え」

獣のように唸るエムバト王子に見せつけるように、フェリアは髪留めを盆の上に置く。

七つの髪留めが並んだのだった。

エムバト王子を下がらせた後、マクロンとフェリアはラファト同席の下でギアドと話すことにした。

エムバト王子には、もちろん尾行をつけている。

他の王子らも同様だ。いきなり意識が飛び、起きた時には髪留めがなくなっている状況にうろたえていよう。

　こちらには、それができる秘花があるのだ。

　さて、ギアドがマクロンとフェリアを窺っている。

「この二人には敵わないから、正直に話した方がいいぞ」

　同席するラファトが、ギアドの肩をポンポンと叩いた。

「旦那ぁあ、そりゃあないぜ」

　ギアドが泣き真似をする。

　ギアドの名がエムバト王子から出た理由は、本人しか言えまい。

「それで、ダナンには誰の依頼で来たの？」

　フェリアはギアドに問うた。

　隠れ村の密売人なら、秘密の依頼があったと推測するのは妥当だろう。

「ハ、ハハハ」

「笑って誤魔化せると思っているのか？」

　マクロンが言った。

「えっと……参ったな」

　ギアドがモゾモゾと動く。

「普通、隠れ村の者の口を開かせるのは……」

親指と人差し指で遠慮がちに輪っかを作っている。

「我がお前の口を開かせる方法はいくつもあるが……普通なら詰問府行きだがどうする？」

マクロンが親指を首にあて、横にずらしていく。

首がかかっているぞとの表現だ。

ギアドが輪っかをやめ、降参するように両手を上げた。

「ご、ご勘弁を！　はい、ちゃんと、はい、言いますので……、エムバトの旦那じゃあ、ありません！」

エムバト王子の依頼でダナンに来たのではないとギアドは最初に否定した。

ギアドがゴクンと喉を鳴らす。

「……モディ王に頼まれて」

「ほぉ……」

「へぇ……」

マクロンとフェリアは、それぞれ思案を始める。

モディ王がギアドへ依頼をするのを、エムバト王子は見ていたということだろう。

ギアドがマクロンとフェリアを窺っている。

「エムバト王子の話の流れから、事の真偽は真。だけど、モディ王の真意は別。そんなところかしら？」

　フェリアの言葉にマクロンが頷く。

「酒宴の話は全てが本当。それがミタンニに届いたのも至極当然な流れだろう」

「ゲーテ公爵はそれで慌ててダナンに帰還するわね」

　マクロンとフェリアは互いに話しながら、核心へと迫っていく。

「……だけど、それより先にモディ王は華狩りの情報をいち早くラファトに伝えるため、ギアドに依頼したのでしょうね」

　ギアドが『へへへ』と鼻を擦る。

　草原で、最後までラファトに支援物資を運んでいたのはギアドである。モディ王からすれば、ギアドはラファト担当者ということだ。

「モディ王の意図は、他の王子同様に華狩りの件をラファトに伝えること。……ダナンに伝えることか」

　マクロンが核心を突く。

　ギアドは隠れ村に届いた情報からダナンに来たのではなく、モディ王から事前に指示されたわけだ。

「情報が伝われば、華狩りなどという暴挙をダナンが許すはずがないわ」

「そうだな。ダナンなら反対に『王子』を狩るだろうと踏んだ。……ある意味、今のように。モディ王なら考えそうなことだ。獲物は『華』ではなく『王子』だったか」

フェリアの言葉に続き、マクロンが言った。

エムバト王子との会話でマクロンもフェリアも、その可能性に気づいていた。

ギアドが『おお、なるほど』と感心したように漏らす。

「華狩りなどという暴挙に出ようとする王子を……次代にしたいと思わない。モディ王の真意は……」

フェリアはマクロンを見た。

「次代にはなれぬ王子をダナンに一掃(いっそう)させようとしたのだ」

答えに辿り着く。

「本気で武者修行に出るか、華狩りに赴くか。他国から認められる者になるのか、ダナンに狩られる者になるのか。クックッ……流石はモディ王だな」

七人の王子は華狩りをしにダナンに来てしまった。

モディ王からすれば、全員落第だろう。

「残る者は誰か？」

マクロンは口にしながらラファトに視線を向ける。

フェリアとギアドもラファトを見た。

ラファトが引きつり笑いをするのだった。

その日の夜、エムバト王子から文が届けられる。

髪留めと引き換えに、ゲーテ公爵を解放するというものだった。

「そこまで、髪留めが重要なのですね」

「幼い頃から、常に自身と一緒だった物だからだろうな」

フェリアは、命の危機が迫ってもなお髪留めを外さなかったラファトを思い出す。自身を証明する唯一の物なのだ。

「体の一部になっているのですね」

「さらに、髪留めを奪われるというのは敗北を意味するのだろう。奪われたままでは沽券に関わるのだ」

エムバト王子の動向には目を光らせている。

エムバト王子の下から配下らしき者が王都を出ていくのを確認しており、ゲーテ公爵の所に向かっているはずだ。

もちろん、ゲーテ公爵の居場所を突き止めるため、騎士が後をつけている。

他の王子らにはわかるように騎士の監視をつけた。髪留めが紛失し、あからさまな騎士の監視下に動揺が見られるらしい。大人しくしているようだ。

「ゲーテ公爵を奪還しますか？　それとも、エムバト王子を信用し引き換えの場を設けますか？」

「本当は、さっさと奪還したいところだが、あちらの顔を立てた方がいいだろう。髪留めもゲーテも奪われ、自暴自棄になりでもしたら……」

マクロンが言い淀む。

「それこそ、誰彼構わず華狩りをしてしまうかもしれませんね」

王子らだけなら監視態勢は完璧だが、配下を全て把握していないため、不測の事態が引き起こされかねない。

秘密裏に隠れ村の密売人に依頼でもされてしまったら、それこそ厄介だ。

「王子ら全員を招待し、穏便に引き換えをして帰国願うしかない」

「モディ王の真意は教えないのですか？」

「あのエムバト王子の様子では、帰国を促すために、こちらが都合良く話をしていると思われそうだしな。モディ王への親書を託す形で強制帰還にする」

そこで、マクロンとフェリアは顔を見合わせ力なく笑った。

エムバト王子はこのままでは次代になれないだろう。

「エミリオにも早馬で知らせを出した。互いに入れ違い報告になっていそうだがな」

華狩りとなった経緯は、エミリオも裏を取ったであろう。だが、モディ王の真意までは摑めていないかもしれない。

「モディ王は次にどんな策を練ってくるでしょう？　……フフ、モディ王に会ってみたいものです」

フェリアはモディ王の巧みな作戦に乗せられた悔しさはあるものの、感服し会ってみたい人物だと思った。

両親が酒を酌み交わすほどの人物なのだ。きっと、話が弾むことだろう。

「フェリア、私が独占欲の強い男だとわかっているのか？」

マクロンが背後からフェリアを抱き締め、顔を覗き込む。

「フフ、モディ王に嫉妬を？」

フェリアはマクロンの鼻にチュッと口づけた。

「まあ、私もモディ王とは語らってみたいがな」

マクロンがフェリアの耳たぶを食む。

「マ、クロン、様」

甘い声が出るのは仕方がない。

「またいつか遠駆けをしよう」

カルシュフォンに向かった日のことが懐かしい。

ミタンニの城外で測量した日のことも。

「ジルハンに玉座を任せて草原まで赴き、エミリオにも、モディ王にも……次代の王とも、いつか酒宴ができたらいいですね」

「そうだな。玉座に就いた時には、考えられなかった未来だ」

マクロンがフェリアを抱えながら、ゆっくりベッドに沈む。

「フェリア」

熱を持ったマクロンの声にフェリアは瞳を閉じた。

五日後。

少しばかり乱れたゲーテ公爵がダナンの騎士に囲まれ、モディの七人の王子らと共に王城に帰還した。

ゲーテ公爵を警護していた私兵も、解放されて王城で保護している。

「王様……」

ゲーテ公爵がマクロンの前で膝を折る。

「よく帰ってきたな」

マクロンは立ち上がり、ゲーテ公爵の肩に手を置き労う。

「いえ、不甲斐ない様の帰国となったこと……痛恨の極みです」

ゲーテ公爵は、まだ事の全容を理解していない。本当なら、サブリナの安否を先に問いたいだろうに、エムバト王子に捕まったことを恥じたのだ。

「ゲーテ公爵、ビンズは約束を違えていませんから」

フェリアはゲーテ公爵の心情を汲んで言った。

「……はい、それは信じておりました」

ゲーテ公爵の安堵した表情に、マクロンとフェリアは笑みを漏らす。

「マーカス、ゲーテを別室で休ませてやれ」

マクロンはマーカスに目配せする。

別室には、ゲーテ公爵夫人バーバラを待機させている。

状況を耳にすることだろう。

さて、長髪を下ろしたモディの王子らが、唇を真一文字にしてマクロンとフェリアが声をかけるのを待っている。

「さてと、お茶でも飲むか」

「髪留めを早く返せ！」

エムバト王子が吠える。

他の王子らも苛立っている。

「口の利き方に気をつけろ。ここは、草原ではない」

マクロンは王子らに冷ややかな圧をかけた。

「お前らの都合が通る場では断じてない‼」

モディの王子らを近衛が取り囲んだ。

「卑怯だぞ。髪留めはゲーテ公爵と引き換えだったはずだ！」

「ゲーテ公爵の居場所はわかっていたし、奪還だってできたわよ」

フェリアがお茶を淹れながら口を挟む。

「髪留めを奪うのと同じくらい容易くね。だけど、この場を設けた。そちらの顔を立てるため」

「女の分際で出しゃばるな！」

「やれ」

マクロンが命じる。

エムバト王子の喉仏に剣先があてられた。

「何度言えば覚える？　ここは、草原ではない。草原では、妃は従え侍らせるものだろうが、ダナンでは王剣と同じ力を持つものだ」

マクロンはフェリアに視線を投げた。

「王妃よ、『突け』と命じても良いぞ」

マクロンはあえて『王妃』とフェリアを呼んだ。

エムバト王子が、目だけをギョロッとフェリアに向ける。

剣先をエムバト王子にあてている近衛も、フェリアの言葉を待っている。

フェリアはしばし思案した後、サッと屈んだと思うと、隠し持っていた鞭を取り出し放った。

近衛の剣は素早く引っ込み、フェリアの鞭がエムバト王子の首に絡まる。

「ヒッヒュゥ」

エムバト王子から奇妙な息が漏れた。

「これで少し静かになりますわ」

フェリアは鞭を解く。

エムバト王子がガクンと膝を崩した。

「安心してね、エムバト王子。ピリピリした痺れは一過性のものだから」

三ツ目夜猫魔獣の髭の鞭を使ったのだ。

モディの王子らが驚愕の表情でフェリアを見ている。

「マクロン様、この程度の者に剣を使うなんてもったいないわ」

エムバト王子が声を出せぬのをいいことに、フェリアは最大級の挑発をかましたのだった。


お茶会は、マクロンとフェリアの笑い声が際立つ。

いや、モディの王子らは声を出せる状況ではないだろう。剣の柄に手を添えた近衛に囲まれているのだから。

「そろそろ、ここが草原ではないと理解したかしら？」

フェリアが、小首を傾げながら言った。

数人の王子らが大きく頷く。

エムバト王子は拳を強く握り締め、微動だにしない。

「それぞれの王子に、モディ王への親書を託す。帰国願おう」

「髪留めを」

痺れの残るしゃがれた声でエムバト王子が反応する。

「最後まで聞け」

マクロンは呆れたように言った。

「草原とは違う文化や風習に触れる機会を与える。視野を広く持て。モディ王が一番に何を望んでいるか気づくはずだ」

「知った風な口を利くな！」

エムバト王子が吠えた。

近衛の剣が引き抜かれるのを、マクロンは手で制す。

「目の前にぶら下げられた獲物しか目に入らない者は、自分が獲物になっていることに気づかないものね」

フェリアが先ほど頷いた数人の王子らに向けて言った。

考え込む王子らに、少しばかり期待する。

そこで、やっと髪留めが載った盆をマーカスが持ってきた。

モディの王子らが、ホッと安堵の表情を浮かべた。

「ダナンの騎士が、責任を持ってお前たちをモディまで連れて行く。それぞれ、ダナン以外の国を見聞できるように手配済みだ」

エムバト王子が血走った目を見開く。

「モディ国第一王子エムバト！　ゲーテ公爵家次女サブリナ嬢への求婚のため、ラファトに決闘を挑む！」

マクロンとフェリアの思い通りにはしないとばかりに、エムバト王子が宣言した。

マクロンとフェリアは呆れ返る。

「馬鹿なの、エムバト兄じゃ？」

部屋の外で様子を窺っていたラファトが入ってきた。

「お前！　いい気になりやがって！　決闘だぁぁ！」

「あのモディ王が、『華』を狩ってこい。はい、『華』を狩ってきました。よし、お前を次代と認めよう、……あまりに馬鹿げているとは思わない？」

　エムバト王子とは反対に、ラファトは冷静に発した。

　言い換えてしまえば、確かにそうなのだ。

「いつまでも武者修行に出ないから、獲物をほのめかして出国させただけで、そのまんま『華』を狩りに行くような奴を次代にするのかよ？　なあ、よく考えればわかるはず。次代になった時に、『女を狩って次代に選ばれました！』って高らかに宣言するの？　恥ずかしくて口にできないよ、俺なら」

　ラファトの妙に的を射た発言に、シーンと場が静まり返った。

「クックフフフフ」

　フェリアが笑い出す。

「フッ、想像するだけで愉快だな」

　マクロンも思わず笑った。

「ラファト、よく言ってくれた」

「な、なな、なななっ」

　エムバト王子が言葉にできずに声を漏らした。

「出国します」

王子の一人が言った。

立ち上がって、マクロンとフェリアに深く一礼する。

たぶん、わかったのだろう。

「私のは、これです」

金の髪留めを指差した。立国後の王子ということだ。

マクロンは親書を手渡し、フェリアが髪留めを返した。

王子に四人のダナン騎士がつく。

「よろしくお願いします」

颯爽と出ていった。

「見込みのある奴もいるんだな、知らない奴だけど」

ラファトが笑う。

それから、次々と王子らが同じように立ち上がって親書を受け取り、髪留めを返してもらい出ていった。

最後まで残ったのは、エムバト王子だけだ。

「どうする？」

立ち上がらないエムバト王子にマクロンが問う。

「冷えた頭で、もうわかったのではなくて？」

フェリアが髪留めをエムバト王子の前に置いた。

エムバト王子はガッと髪留めを摑むと立ち上がる。

「ダナンを出る。お膳立(ぜんだ)てはいらない！」

親書を受け取らず、エムバト王子が出ていった。

騎士に国境線までは見張らせる。だが、それ以降の手助けを断られた。

「他の王子と同じでは、嫌だったのでしょうね」

「抜きん出るには、同じ土俵より、もっと厳しい状況に挑むしかないからだろう。次代を狙うなら」

お膳立てされた武者修行ではなく、自ら飛び込んでいく武者修行にエムバト王子は向かったはずだ。

マクロンとフェリアは、王子らを見送ったのだった。

4 ◆◆◆◆ 謀り

翌日、ゲーテ公爵が参内する。

「昨日はご配慮いただき、ありがとうございました」

ゲーテ公爵が片膝をついて頭を下げた。

「状況は、全て聞きました。モディ王にまんまとしてやられました。モディ王との酒宴でサブリナのことを口走ってしまった私の失態です」

ゲーテ公爵が悔しげに顔を歪ませている。

「ゲーテ、気にするな。元はと言えば、モディで開墾をした意趣返しなのだから、ダナンとモディの応酬に巻き込んでしまった我の責任でもある」

「それを言ったら、開墾は私の発案ですわ。つまり、私が元凶ね」

マクロンとフェリアは互いに軽口で言い合った。

ゲーテ公爵があまりに思い詰めているからだ。

「……お気遣いありがとうございます。はい、そうですね。まだ、気が落ち着いておらず……どうも……モヤモヤと……」

ゲーテ公爵には珍しく明瞭な物言いができていない。

「ごめんなさいね、気づかずに。そうよね、サブリナの件がまだハッキリしていないのだもの。モヤモヤするわよね」

「あ、いえ、そうではありません」

ゲーテ公爵が首を横に振る。

「いや、サブリナとビンズの件は、こちらの落ち度だ。公にはしていないものの……駆け落ち、コホン、のような状況だからな」

マクロンが咳払いして、ゲーテ公爵を窺う。

ゲーテ公爵は、また首を横に振った。

「その件は心配しておりません。モヤモヤするのは、ミタンニで最後まで仕事ができなかったことです。……少しばかりミタンニの民の動きが気になっておりまして」

マクロンとフェリアは顔を見合わせる。

「どういう動きだ？」

マクロンが問うた。

「いえ、これといって口にできる明確なものではなく……肌で感じる奇妙な気配と言いましょうか」

ゲーテ公爵が難しげな顔で思案している。

「……たぶんですが、私はミタンニの民に嫌われてしまったのでしょうな」

ゲーテ公爵が力なく笑う。

「急いで帰国する際に、ミタンニの民から『やっと出ていってくれる』とでも言わんばかりの視線を向けられたので」

マクロンの眉間にしわが寄る。

フェリアも少しばかり胸につかえるものがあった。

「他国の貴族が幅を利かせる状況を、段々と疎ましく思うものなのだろうな。わからんでもないが、ここまでの尽力が胸をモヤモヤさせるか」

「ハハ……ですな。まあ、それこそ復国叶ったミタンニの民にとっては、目の上のこぶのように、さっさと消えてくれないかとなりましょうか」

ゲーテ公爵から乾いた笑いが漏れる。

フェリアは悲しくなった。

「どちらの気持ちも間違いではないのが胸を締め付けるわね。独り立ちしたいと思う民と、最後まで支えたいと思う者。……ならば、私は『やっと帰ってきてくれた、待っていたわ』と出迎えるわ。ありがとう、ゲーテ公爵」

マクロンとフェリアは立ち上がり、二人でゲーテ公爵に寄る。

ゲーテ公爵が目頭を押さえる。

「長きに亘りご苦労だった」

マクロンがゲーテ公爵と固く握手する。

そして、三人で笑い合った。

「ゲーテの帰還を広めて、奴が戻ってくるように仕向けねばな」

奴とは、もちろんビンズのことだ。

「そのことですが」

ゲーテ公爵が眉尻を下げながら口を開く。

「実は……私が黒幕です」

「は？」

「え？」

マクロンとフェリアは、ゲーテ公爵の言葉の意味がわからず首を傾げる。

「帰国の際、王様にはモディの王子らを牽制するために、ラファト様との婚約をお願いする伝鳥を飛ばし、翌日、荷屋敷のビンズ隊長に安全な場へサブリナを匿うように伝鳥を飛ばしたので」

マクロンとフェリアはしばし固まった。

そういえば、ミタンニに赴くことになったゲーテ公爵のために、迷い鳥になった伝鳥を私事の連絡用に渡したのだった。元はカルシュフォン王とリュック王子を繋げていた例の伝鳥である。

　ビンズが、時おりゲーテ公爵とやり取りをしていたに違いない。サブリナの様子を伝えるために。

「……ほぉ、我を謀ったか」

　マクロンが細目でゲーテ公爵を睨むが、顔は笑っている。

「謀るつもりはなく、次策として有効だと思いまして」

「モディ王にも、ゲーテにもしてやられるとは、我も焼きが回ったものだな」

　マクロンとゲーテ公爵の会話に、フェリアは『はて？』と疑問が頭に浮かんだ。

「それで、安全な場とは？」

　フェリアの問いに、ゲーテ公爵が目を瞬いた。

「その指示はしておりません。王様や王妃様なら、ビンズ隊長が考える安全な場がわかるのではないですか？」

　マクロンは天を仰ぐ。

「天然で鈍感、崇高なすっとこどっこいの考える安全な場なんて、誰も読み取れないわ」

　フェリアは肩を竦めたのだった。

建国祭前日。

もちろん、サブリナとビンズはまだ戻っていない。

ゲーテ公爵が解放されたのは三日前だ。翌日のゲーテ公爵参内後、帰還を広める手はずはしたが、きっとまだその知らせは二人の耳には届いていないだろう。

王都でやっと広まった程度である。

二人は、王都のあれこれが届くのに時間がかかる遠地にいると推測される。

マクロンは、外通路から建国祭前日の賑わいを眺めていた。

「せっかく手に入れた蜜月を、ビンズに邪魔されるとはな」

旅の服装に身を包んだマクロンが仏頂面で呟く。

「一石二鳥でしょう。建国祭を祝して、ダナン国領地へ視察に赴き、並行して二人を捜索できますぞ」

ペレがフォフォフォフォと笑う。

「フェリアとの逢瀬のために頑張ってきたのだぞ、冗談じゃない!」

マクロンは、ダンッと足踏みした。

「あいつ、見つけたら締め上げてやる！」

そこへゲーテ公爵がやってくる。

「王様、私からも伝言を。駆け落ちの責任を取ってもらうと、ビンズ隊長に伝えてくださ
い。視察中に、なんとか下地は整えておきますので」

ゲーテ公爵が軽く頭を下げた。

サブリナとビンズが結ばれる下地を整えるのだろう。

「ということで、帰国した私からの贈り物は、三日間の蜜月の代わりに、二週間の新婚旅
行になりますぞ」

ゲーテ公爵とペレがニンマリと笑み合った。

過去に敵対していた二人だとは思えない連携だ。

「何？」

マクロンは耳を疑うが、視界に旅支度を済ませたフェリアを見て笑みが溢れた。

どうやら、視察にフェリアも同行するようだ。

「玉座はジルハン様に。我々が補佐致しますので」

ペレが言った。

続けてゲーテ公爵も口を開く。

「どうですかな？　我らの贈り物は」

マクロンはフェリアを抱き上げていた。

「最高だ！」

ガタゴトガタゴト
馬車が揺れる。

若干青白い顔のフェリアを、マクロンが甲斐甲斐しく世話をする。

フェリアは、馬車にはまだ不慣れだ。

「どうしても駄目なら、二人で乗馬をすればいいから」

「いいえ、大丈夫ですわ」

フェリアは深呼吸する。両親の馬車事故から牛車にしか乗れなくなったが、婚姻式で克服していた。

「久しぶりで、少し慣れていないだけ」

マクロンは深呼吸を繰り返すフェリアの背中を撫でる。

顔色の変化が見られないフェリアに、マクロンは外に合図して馬車を止めさせた。

「少し気晴らしに出よう」

フェリアを抱えて馬車から降りる。

一面に広がる多毛草を、フェリアが嬉しそうに眺めた。

「ここが、サブリナが主導した多毛草畑なのですね」

王城を出られないフェリアに代わり、癒し処の事業のため、多毛草畑を指揮していたのはサブリナである。

「ここに、二人がいるかもと？」

「いや、ビンズはそこまで安直ではないだろう」

サブリナに繋がる場だからこそ、そこは安全ではないと考える。すぐに、足がついてしまうからだ。

「繋がりのない場……、本当にどこに行ったのかしら？」

フェリアが歩き出す。

久しぶりの広大な緑に癒やされているのだろう、顔色がずいぶん良くなった。

「あれ？」

緑の中に真っ赤が見え隠れする。

「ん？」

マクロンも気づいた。

騎士らはすでに、それを確認し間合いを取っていた。

「あーもうっ！」

近寄っていくと、苛々した声が聞こえてくる。

「絡まっちゃったし、最悪！」

聞き慣れた声に、マクロンとフェリアは顔を見合わせた。

「急いで知らせに行かなきゃいけないのに！」

何やらジタバタと赤髪が動く。烈火のごとく真っ赤な髪の持ち主といえば誰であるか。

「エルネ、何をやっている？」

マクロンが腕組みしながら問うた。

「ヒャッ」

エルネがやっと周囲の状況に気づいたようだ。

「ゲッ」

エルネは表情を取り繕うことが苦手である。

「いやぁ、ハハハ」

とってつけたような愛想笑いを浮かべるあたり、何か隠しているのだろう。

「確か、休暇届を出していたわよね、エルネ？」

フェリアが問う。

「そ、そう！　ちょっとばかりお休みしてます」

「多毛草の中で？」

「ふかふかして気持ちいいなぁ、なんて」

「さっき、悪態をついていなかった？」

育ちに育った多毛草に足を取られすっころび、絡まっている状況だろうエルネに、フェリアがジーッと見ながら言った。

「ハ、ハハ、はぁ……もの、そう、刃物の試し切りでここにいました」

目が完全に泳いでいる。

「許可なく多毛草を刈ろうと？」

「いや、あの、えっと、自分で鍛錬した鎌がちゃんと刈れるものかどうかを確認に」

「どこに鎌が？」

エルネの周りには、どこにも鎌は見当たらない。

エルネが完全に『しまった！』という表情になる。

「さてと……、そろそろ口を割ったらどうかしら？」

フェリアがエルネに優しい口調で問うが、目は笑っていない。いや、笑っているのかもしれない。ニッコニコと。

「烈火団が懐かしいな、エルネ」

マクロンもニッコニコでエルネに問う。

エルネが冷や汗をダラダラと流している。

「休暇の行き先は？」

フェリアの問いに、エルネがパクパクと口を開ける。

「エルネと同じ場に休暇に行こうか、フェリア」

マクロンは楽しげに言った。

エルネが『ヒィ』と息を吸う。

「元烈火団団長に頼まれたな？」

「それで、どこにいるの？」

マクロンとフェリアは続け様に問うた。

「『ゲーテ公爵帰還』を知らせに行くのだろ、エルネ」

ビンズはエルネに、ゲーテ公爵が帰還したら知らせるように託して安全な場に向かったのだろう。

マクロンが引導を渡したのだった。

馬車から乗馬にし、翌日に着いた先は、フェリアにとって懐かしい場所だった。
「まさか、ここだとは思わなかったわ」
フェリアは二年以上ぶりの光景に目が少しだけ潤んだ。

「ここが、天空の孤島領カロディアか」

マクロンが見上げながら言った。

二本の大河と海に囲まれた三角州のような地形で断崖絶壁の地カロディア。

魔獣と共存し、薬草を特産物とする国領地である。

「確かに、安全な場かもしれない。他の領地とは違いよそ者の侵入はすぐにわかる」

カロディアに通じる道は、断崖に作られたジグザグの道だけだ。それ以外は、断崖をよじ登るしか方法はない。

領民と薬草の取引業者以外は、カロディアを訪れることはほとんどないのだ。

モディの王子や配下らは、サブリナが王城にいなかったと知り捜し出そうとしても、不可能な場とも言える。

「やるわね、ビンズ」

「リカッロが、何も知らず迎え入れたのだろうな」

そんなことを話していると、ジグザグの道を駆け下りてくるリカッロに気づいた。

「おーい！」

リカッロが手を振っている。

「兄さーん！」

フェリアも大きく手を振って応えた。

しばらくして、リカッロが到着する。

「久しぶりに一気に駆け下りた。だいぶ、年を取ったみたいだ。なかなかにしんどいな、ガハハハ」

そうは言っても、息切れなく清々しいガハハ笑いをするリカッロである。

「王様！」

リカッロが膝をつく。

「ご苦労だった。あやつはいるか？」

「ビンズ隊長でしたら、サブリナ様と一撃練習をしています！」

「ちょっと待って、兄さん！　入領条件を受けているの、サブリナは⁉」

カロディアに取引以外で滞在するには、魔獣への一撃が条件なのだ。

「ああ、リシャ姫もパチンコで条件を通過したのだから、自分もやるのだと頑固なお嬢さんで、ビンズ隊長が付き添っている。あの二人はなぜカロディアに来たんだ？」

リカッロが首を傾げた。

「あー、うん。色々とあって」

「だろうな！」

そんな曖昧なフェリアの説明でも、リカッロは納得した。

「リカッロ、二人のところに案内してくれ」

王都を出てたった一日半、最速で二人に辿り着くことになった。

さて、エルネ一人を先に向かわせる。

遠くからでも、ビンズの誰もが恐れる笑みが見える。

エルネが土下座せんばかりの勢いで謝っている。

ビンズがエルネ越しにマクロンとフェリアに気づいたようだ。

サブリナもほっかむりを解いて会釈した。

その隙に、エルネは脱兎のごとく退散する。

マクロンとフェリアは、笑いを堪えながら二人の元へ向かった。

「王様、王妃様、二人揃って建国祭をほったらかして、どこをほっつき歩いているのですか？」

ビンズの放った言葉に、笑みを浮かべたマクロンのこめかみに青筋が立つ。

「ほぉ、お前に言われるとは心外だな」

マクロンは、サブリナを軽く一瞥する。

「騎士として『全身全霊をかけてリナを守る』と、王様とゲーテ公爵様に誓いましたので」

ビンズがマクロンの視線を受けて言った。

　サブリナ様からサブリナ嬢に呼び方が変わり、今は、愛称（あいしょう）のリナと呼んでいるらしい。

いや、らしいではなく呼んでいる。そのことを、天然男は自覚していないのだ。

　フェリアは、ニマニマしながらサブリナを見る。

　サブリナが頰（ほお）を赤らめながら視線をずらした。こちらは、完全に自覚ありの反応である。

「そのゲーテから伝言だ」

　ビンズが背筋を伸（の）ばす。

「帰還したのですね。すぐに、王都にリナを連れて行きます」

　マクロンはビンズをひと蹴（け）りする。

「イテッ、何をするんです⁉」

「ゲーテからの伝言をちゃんと聞け」

「だから、王都に戻るようにではないのですか？」

　マクロンはビンズの両耳を引っ張る。

「『駆け落ちの責任を取れ』との伝言だ！」

　時が止まったと言っても過言ではないだろう。

　ビンズの思考を止めるには、十分な内容だ。

「……」

　ビンズが無言になり、マクロンはたたみかけていく。

「二人で手に手を取り合い、愛の逃避行をしているお前に、ほっつき歩いているなどと言われる筋合いはない！」

「……」

まだ、ビンズは時が止まっているようだ。

「まさか、『全身全霊で守る』と宣誓して駆け落ちしたにもかかわらず、その約束を反故にするなんて騎士にあるまじき行いを、第二騎士隊率いるビンズ隊長がするなんて思わないわ」

フェリアもノリノリで口撃した。

「……な、な、な、な、何を！」

ビンズの時がどうやら動き出したらしい。

「サブリナ、私たちの言葉に何か偽りでもあった？」

フェリアはサブリナに首を傾げながら問う。

サブリナがしばし考えて、チラリとビンズを窺う。

「二人で、カロディアまで来ました」

「二人で手に手を取り合い、カロディアに逃避行した。合っているな」

マクロンは大きく頷きながら言った。

「『全身全霊で守る』とも言われました」

「マクロン様やゲーテ公爵だけでなく、本人に宣誓して手を取り合ってカロディアに逃避行。合っているわね」

フェリアも大きく頷く。

「これを、駆け落ちと言わずなんと言うのだ？」

マクロンはニヤッと笑ってビンズに言った。

「サブリナも状況はわかっていて、ビンズの手を取ったのでしょ？」

フェリアはサブリナにウィンクする。

そこで、ビンズとサブリナがゆっくり視線を合わせた。

ビンズが難しい顔つきになっていき、重い口を開く。

「リナ……には……ラファト様が、おられます」

サブリナが悲しげに笑って、首を小さく横に振った。

ビンズはいつだってサブリナを想う態度と行動を取りながら、一線を引く。いや、引くのではなく騎士として盾を持ってしまう。

「王様、王妃様、ビンズ隊長で遊ばないでください。私の身を案じてカロディアまで連れてきてくださっただけです。駆け落ちなんて素敵な想いは、ビンズ隊長にはありませんわ。だって、お父様からの伝鳥で指示されたことですから。……これ以上、私を惨めにしないでくださいませ。フフ」

見ていられない、胸が締め付けられる。皆が、サブリナを見て思ったことだ。

「そうね、サブリナ。ちょっとふざけすぎたわ」

フェリアは、ビンズをキッと睨んでからサブリナに身を寄せた。

マクロンは呆れたようにビンズを見ている。

「王都に戻るのですね。結局、一撃できませんでしたわ」

サブリナが、ビンズと過ごしたカロディアでの日々を名残惜しげに言った。

その言葉が『ビンズを射止められませんでした』とフェリアには聞こえた。

「今まで守っていただき、ありがとうございました」

サブリナがビンズに深く膝を折り、感謝の意を告げる。

「……いえ、まだです。ゲーテ公爵家までは」

ビンズの言葉に、サブリナが顔を上げる。

その顔は、リナではなく公爵令嬢サブリナに変化している。清楚で上品、だが、内面を悟られないように薄く笑む。それは、妃選び時の顔つきだ。

もう、素のサブリナは晒すまいと強い意思の仮面を纏ったのだ。

ビンズの目が見開いた。

「王様、王妃様、私は公爵家を継ぐ者ですので、駆け落ちなどと不名誉なことをするはずはありません。ラファト様とのかりそめの婚約を、本婚約にしたいと思います」

「かり、そめ?」

事情を知らないビンズが眉間にしわを寄せる。

「全て、王都に戻ってからだ」

マクロンがサブリナに答える。

「そうね、皆で王都に戻りましょう」

フェリアは心に鎧を纏ってしまったサブリナを抱き締めながら言った。

バタバタバタ
何やら騒がしい足音が近づいてくる。

「領主様！　大変です！　フーガに狼煙が！」

「何⁉」

リカッロが躊躇なく走り出す。

フーガ領の狼煙は緊急事態を周囲に伝える手段だ。

先ほどまでの居たたまれない空気が一変する。

マクロンとフェリアは顔を見合わせた。

「私たちも行きましょう」

再会の余韻なく、リカッロの後を追った。

海を眼下にする断崖絶壁の地カロディアからは、フーガの島々がよく見える。

月に一度の船レースを見る丘、芋煮会を開く場まで走ると、カロディアの民たちもフーガの狼煙を心配そうに見つめている。

「王様！　幽閉島から黒の狼煙です！」

リカッロが緊迫した声で告げる。

「黒の狼煙だと⁉」

「嘘、本当に⁉」

マクロンもフェリアも焦った声を出し、すぐに幽閉島を確認する。

「フィーお姉様、どういうことですの？」

サブリナが心配そうに訊いた。

「脱獄よ」

幽閉島から罪人が脱走したことを知らせる狼煙の色が黒である。

幽閉島だけでなく、牢屋からの脱獄を知らせる狼煙はダナンでは黒だ。

リカッロが望遠鏡を懐から取り出し、幽閉島の様子を探る。

「……一隻出航済み。……たぶん、カロディア隣領の浜辺に進行している模様。追跡の船は……追いつけていません。逃走船には……ん？　あれは、女が乗っている？」

リカッロの言葉に、フェリアはハッとする。

「メルラが！　バロン公も、幽閉島にいるはずですわ！」

幻惑草を採取し、成長過程の記録を取るために、バロン公と一緒にメルラは幽閉島にいるはずなのだ。

巻き込まれている可能性が高い。

「運良くと言うべきか否か、近衛隊と王妃近衛隊が近場にいる状況だ。すぐに対処する！」

マクロンの号令の下、慌ただしく周囲が動き出した。

サブリナを領主屋敷にいる元女官長サリーに託し、マクロンらは脱獄者の上陸をカロディア隣領の浜辺で待ち構えた。
船上の顔ぶれに、マクロンは内心で舌打ちする。
ゲーテ公爵家に侵入を図った者。王城に侵入を図った者。全て隠れ村の密売人で、幽閉島に送っていた者らだ。
その幽閉島に送った隠れ村の密売人十人と、モファト王子。そして、脱獄に巻き込まれた人質バロン公とメルラが船に乗っていた。

「……わざと、隠れ村の密売人は捕まったのでしょうね」

フェリアがマクロンの横で呟く。

「ああ、モファト王子救出の依頼を受けていたのだろう」

華狩りに便乗して、サブリナを狙ったと見せかけて捕まる。フーガの幽閉島に送られると見越してのことだ。

「モディ王が？」

依頼者はモディ王なのか？　フェリアが首を傾げながら口にした。

「わからぬ。だが、ラファトに華狩りの件を伝えたのだから、モファト王子にも同様に伝える者がいると気づくべきだった」

「十人もですか？」

「捕まえてみてからだな」

マクロンとフェリアは上陸を見つめる。

こちらの待ち受け態勢を船上から見ていたのだろう、バロン公とメルラを人質にして、苦虫を噛み潰したような顔つきで上陸してきた。

バロン公とメルラは後ろ手に拘束され、口元を布で覆われている。

マクロンは、近衛隊長に目配せした。

近衛隊長の指示で、近衛と王妃近衛が脱獄者らを波打ち際に留めるように取り囲む。

マクロンとフェリアもその陣形に入る。

脱獄者らは、人質二人を盾にして前方に向け、モファト王子を囲むように守っている。

「ウッウッ……」

メルラは今にも泣き出しそうだ。

バロン公も、何か言いたげにメルラとこちらを視線で行き来させている。

順調に逃走できず、唇を噛み締めるモファト王子には苛立ちと焦りが見られる。

本当なら、ここにマクロン率いる近衛やフェリア率いる王妃近衛はいなかったはずだ。

「そこをどいていただきたい！」

モファト王子が叫んだ。

「断る」

マクロンは即答した。

「人質がどうなってもいいのですか⁉」

「反対に訊くが、逃げられると思っているのか？　たったそれだけの人数で、近衛に太刀打ちできると？　海には引き返せまいに」

追跡船がいる海には戻れないのだ。脱獄者らは、陸と海に挟まれた状況にある。

マクロンは躊躇なく手を上げる。

騎士たちが構える。

マクロンが手を振れば、一網打尽にされるだろう。

「突破だ！」

モファト王子が大声で指示し、隠れ村の密売人が騎士たちに向かってバロン公を突き飛ばした。

そのまま突進してくるかと思いきや、脱獄人らはなぜか口元を布で覆った。

すぐさま騎士たちはバロン公を飛び越え、脱獄者らに向かっていく。

今度はメルラを盾にして、脱獄者らはひとかたまりになって騎士たちに突っ込んできた。

「今だ！」

両者が相見える瞬間、モファト王子が叫んだ。

突如メルラの両手から秘花が束となって現れる。後ろ手になっていたため、それに気づかなかった。

メルラは自由になった両手で騎士たちに向けて秘花を振り回す。

隠れ村の密売人らがいっせいにメルラから距離を置いた。モファト王子を囲み、向かってくる騎士たちに、煙を発する何かを懐から取り出し振り撒き始めた。

メルラが振り回す秘花で何人かの騎士が意識を失った。

隠れ村の密売人が振り撒く強い甘い香りにも、騎士たちはフラフラと意識が遠のく。

「秘花と幻惑草よ！」

フェリアが口元を手で覆いながら発した。

近衛や王妃近衛である騎士なら秘花と幻惑草を理解している。

皆、瞬時に口と鼻を常備している三角巾で塞いだ。

「全員捕らえろ！」

マクロンも、フェリアに刺繍してもらったハンカチで口と鼻を押さえながら命令した。

フェリアはすでに、ハンカチで鼻から下を覆い後ろで結んでいる。

「モファト王子、逃げて！」

メルラが叫んだ。

これでもう、メルラの謀りだと確定してしまった。

人質のふりをして、秘花を隠し持っていたのだ。隠れ村の密売人に幻惑草を忍ばせたのもメルラで間違いない。

脱獄が難しい幽閉島をいとも簡単に脱走できたのも、秘花と幻惑草を使用したからだろう。追跡船が出遅れたのも頷ける。

夕暮れが迫る薄暗い中、幻惑草の煙が漂い視界が悪くなっていく。

フェリアはメルラだけに焦点を絞り、隠し持っている鞭を取り出す。

「メルラ！」

フェリアは悲しみを鞭に乗せて、秘花で騎士たちを襲い続けるメルラに放った。

メルラの体に鞭が絡まる。

「リナ！」

同時に、背後でビンズの声がした。

振り返ったフェリアの目に、モファット王子から一人離れた隠れ村の密売人が、サブリナと元女官長サリーを追っているのが映る。

「サブリナ！」

あろうことか、サブリナは元女官長サリーの案内で、この場に来てしまっていたのだ。剣を持たぬビンズを心配して。

元女官長サリーが青白い顔で両手を広げ、サブリナを守るように立ち塞がるが、隠れ村の密売人に簡単に蹴飛ばされてしまう。

フェリアは、鞭を解きかけるがグッと堪えた。

たぶん、フェリアはこの光景を一生胸に刻むことになるだろう。

仲間なら助けるが、同志なら捨て置く。この場の状況が、王妃であるフェリアにそう判断させざるを得なかった。

仲間はいない。同志しかいないのが王と王妃である。サブリナはまごうことなく、フェリアの同志である。

今、メルラの捕縛を解けば、モファット王子の逃亡を成功させてしまうかもしれない。

この場で、一番重要なのはモファット王子を捕まえることだ。

メルラの秘花が使えなければ、たかだか十人ほどの者など近衛と王妃近衛で捕らえられよう。

「『華(はな)』は貰(もら)った！」

隠れ村の密売人が、サブリナのサラサラと揺れる白銀の髪に手を伸ばす。

ビンズが、隠れ村の密売人に向かって走っていくが間に合うかどうか。

「全力で走れ、リナ！」

ビンズが小刀をサブリナと隠れ村の密売人の間に投げる。

ザシュ
銀糸のような髪がパラパラと風に舞(ま)った。

隠れ村の密売人が摑(つか)むはずだった白銀の髪は風に運ばれている。

髪を摑み損(そこ)ねた手が、宙をさ迷う。

その手を、ビンズがグキッと摑んだ。

手首があらぬ方向に曲がっている。

「剣がなかったことが残念だ」

ビンズが恐ろしく冷ややかに言い放った。

フェリアは笑った。泣きながら笑った。

足がガクガクと震(ふる)えているが、手は鞭を摑んだままだ。

「全員捕まえました！」

近衛隊長が発した。

「フェリア、よくやった」

マクロンが、フェリアの持つ鞭を手に取る。

「マクロン様……」

「フェリアのおかげで全員捕らえられた」

「はい。……はい、良かった。本当に良かった」

フェリアは、グッと足に力を入れた。王妃であらねばならぬからだ。

「全員、王都に護送だ！」

マクロンが命令する。

「負傷者は、カロディアに！」

フェリアも同じく命令した。

新婚旅行からとんぼ返り中の馬車の中。

マクロンとフェリア、ビンズとサブリナが座っている。

なぜ、二人が乗車しているかというと、サブリナの髪が肩先まで切られてしまったせいだ。

ビンズの小刀によって、サブリナの髪は風に舞ってしまい、ザンバラになった髪をそのままにはしておけず、ローラがサブリナの髪を切り揃えた。

短い髪の貴族令嬢を人目に触れさせられない。

そして、公爵令嬢の髪を切るという暴挙を犯したビンズは、拘束という名目で馬車に乗せている。

サブリナの短くなった髪を認識したビンズは、放心状態に陥り、帰路の馬車へマクロンに蹴り入れられると、頭を抱えたまま固まってしまっていた。

突き飛ばされたバロン公と元女官長サリー、秘花で意識を失った騎士、幻惑草で体調を崩した騎士は、カロディアに運ばれた。

残った騎士で、王都へ引き返している最中である。

「おい、いつまで頭を抱えている？」

マクロンが腕組みをしながら、不機嫌そうに言った。

新婚旅行をたった三日で切り上げることになってしまったのだから、不機嫌になるのは当然だ。

建国祭前日の出発日、カロディアに到着し脱獄を防いだ昨日、態勢を整え出発となった本日。新婚旅行どころではない目まぐるしさだ。

「どう、責任を取れば」

ビンズの言葉に、サブリナがピクッと反応する。

「責任など取ってもらわなくて結構です」

サブリナが唇を噛む。

「いえ、そんなわけにはまいりません！　本来なら、娶らねばならぬ暴挙なのですから」

その言葉に、サブリナがワナワナと震え出す。

「責任で娶ってもらうなんて、惨めもいいところよ！　いくら、私がビンズを好きで好きでたまらなく、一生を共にしたいと思っていても、責任を口にして娶ってもらうなんて、私の矜持が許さないわ！」

サブリナが、両拳でビンズをドンドンと叩きながら叫んだ。

「リナ、リナ、落ち着いて」

ビンズが、サブリナの手首を優しく包む。

サブリナは、ダラダラと悔し涙を流している。

「離してよ！　貴族令嬢には触れないのでしょ⁉　だって、騎士だものね！　王様が一番なのでしょ⁉　私など守らなくて結構よ！」

サブリナの心の声が溢れ出る。

「私はラファト様と添い遂げるの！　いっぱい愛されて、大事にされて、幸せになればいいのでしょ⁉　どんなに心がビンズを想っていても、一生心に嘘をつき続け、幸せを演じれば、ビンズは騎士を全うできるものね！　その程度のことやってみせるわよ！」

鼻水もダラダラと流しながら、サブリナは胸の中で溜め込んでいた辛い思いを口にする。

「もう、会いたいなんて思わない！　もう、何も望まない！　ハンカチも返すわ！　リナなんていないの！　私は公爵令嬢サブリナに戻るだけ……もう、嫌よ。こんなに苦しいのが恋なら、いらない。ビンズの手の温もりも、優しさも、嬉しかった逃避行も……ここから、消えてよ！」

ビンズの手を振りほどき、サブリナが自身の胸を叩く。

「やめろ、リナ！」

ビンズがサブリナの手首をもう一度摑んだ。

今度は強く握っている。サブリナが自分自身を傷つけないように。

「離してよ！　もう、離して……ビンズの手の温もりを嬉しいと思ってしまうの。その気がないなら、もう私に構わないで」

カタン
馬車が止まる。

マクロンが扉を開けて、フェリアの手を取った。

「フェリアは馬車にまだ慣れない。少しばかり、外の空気を吸ってくる」

「胸が詰まるわ」

それらしく胸を押さえたフェリアと一緒に、マクロンは馬車を降りた。


馬車の周囲に警護の騎士を数人残し、マクロンとフェリアは手を繋いで歩く。

「……どうなると思う？」

マクロンが問う。

「一撃でしたわね、たぶん」

フェリアはクスッと笑った。

「まあ、そうだな。あれで膝を折らぬ男はおるまい」

「ええ、求婚をしていなければ、海の藻屑にしてしまいましょう」

「なるほど、まだ海に近かったたな」

マクロンとフェリアは声を出して笑った。

「馬車はあの二人に任せて、乗馬で帰るか」

フェリアは口を尖らせる。

「もう、帰るのですか？」

そう口にしながらも、フェリアはマクロンの首に手を回した。

マクロンがフェリアを抱き抱える。

ゾッドが、意を得たとばかりに白馬を引いてきたのだった。

出発からたった五日で、王と王妃が帰還した。

罪人を引き連れての帰還に、ゲーテ公爵が頭を抱えている。

「私がダナンの状況を理解する間もなく、早々のご帰還、嬉しさのあまり涙が溢れます」

ゲーテ公爵の嫌みが炸裂(さくれつ)した。

「だから、言ったでしょう。この二人を一緒に動かすとろくなことが起こらないと」

ペレまで楽しげに追撃(ついげき)する。

マクロンとフェリアは、引きつり笑いを返すしかない。

「では、私はとりあえず罪人を詰問府(きつもんふ)へ連行しましょう」

ペレが護送馬車に対応する。

「それで、罪人の護送馬車はともかく、お二人が乗っていかれた馬車が見当たらないようですが？」

ゲーテ公爵が周囲を見回す。

「馬車は今離宮だ。ちゃんと捜し出した」

サブリナとビンズは離宮に送ったのだ。

ゲーテ公爵が嬉しそうに笑った。

「だが、少々問題がある」

マクロンはサブリナの髪の件をどう話そうか戸惑った。

いや、その前に罪人の説明が必要だろうか。

「かりそめの婚約でしたら、すでに解消の書類を整えました。ラファト様はモディ次代の可能性があるお方なので、それを理由としました。王様とバロン公爵様にご署名していただくだけになっております。下地固めはこれからですが」

「いや、その問題ではないのだ」

マクロンは、ゲーテ公爵を手招きする。

「なんでしょう？」

ゲーテ公爵が身を屈めて問う。

そして、マクロンとフェリアも身を屈める。

そして、マクロンの目配せを受けてフェリアが口を開いた。

「サブリナの髪が……肩先の長さになってしまったの」

「……」

ゲーテ公爵はフェリアの言葉を理解できずにいる。

貴族令嬢は美しく長い髪を誇るものである。特に白銀に艶めく髪は、サブリナの代名詞でもあるのだ。

「隠れ村の密売人がモファト王子の脱獄を手助けして、捕獲の最中に様子を見に来てしまったサブリナを華狩りしようと狙ったのだ」

ゲーテ公爵の目が大きく開き、顔色は青褪める。

たぶん、サブリナが乱暴を受け髪が切られたと、思ってしまったのだろう。

「隠れ村の密売人の手がサブリナの髪を掴みかけたところで、ビンズの放った小刀が遮ったの」

ゲーテ公爵の息が止まっている。

「小刀がサブリナの髪を刈ってしまったのだ。そのおかげで、サブリナが捕まることはなかったのだが」

マクロンとフェリアで、状況を交互に説明した。

「ビンズが隠れ村の密売人の手首をグキッと……あらぬ方向に曲げてくれたわ」

「サブリナの髪はザンバラになってしまい、ローラが切り揃えた」

マクロンとフェリアは、そこで小さく息継ぎした。

「サブリナは、責任を取るための求婚なんて惨めだとビンズを突っぱねたのよ」

「ああ、馬車の中で、そりゃあもう思いの丈をビンズにぶつけていた。その気がないなら構うなと最後に口にして」

「あれは、とんでもない一撃だったわ」

「それで、我ら二人はお呼びじゃないと判断して、馬車を降りたのだ」

「馬車の様子を見に戻った時には……泣き疲れたサブリナをビンズが抱えていたわ。二人を乗せた馬車を離宮まで送った後、私たちは罪人を乗せた護送馬車を引き連れ、乗馬で帰ってきたの」

そこで、ゲーテ公爵がプハァと息を吐き出した。

マクロンとフェリアは、ゲーテ公爵の出方を窺う。

ゲーテ公爵が息を整えながら、口角を上げていった。

「つまり、我がゲーテ公爵家の『華』は見事ビンズ隊長が刈った……狩ったということで？」

絶妙な言い回しに、マクロンとフェリアは大きく頷いた。

「なるほど、隠れ村の密売人らは大罪人ですな。さっさと石台送りにしましょう」

ゲーテ公爵がそりゃあもう権力をここぞとばかりに振りかざす。

サブリナもゲーテ公爵も、振り幅がそりゃあもう徹底している。

「ゲーテ、早まるな。黒幕を吐かさねばならない」

「モディ王に決まっていましょうに」

ゲーテ公爵が間髪を入れずに答えた。

フェリアが首を横に振る。

「ミタンニの民、復国の立役者メルラがこの脱獄劇に関わっているの」

「なんと⁉」

ゲーテ公爵が驚きの声を上げる。

「では……アリーシャ様が指示したのでしょうか？」

「わからないわ。わからないことだらけなの。アリーシャが関わっていると思いたくはない。ミタンニの民であるメルラが、憎むべきモディの王子を逃そうとするなんてことも」

フェリアはメルラの裏切りを目の当たりにして、悲しい気持ちになっている。

「ゲーテ、とりあえず離宮へ向かえ」

マクロンの指示に、ゲーテ公爵がしばし思案してから返答する。

「……いいえ、離宮に向かうのは万全の態勢にしてからです。まずは、下地固めを進めます。それに、詰問にも立ち会いたいと思います。私も気がかりなので」

「そうか、いいだろう」

マクロンはゲーテ公爵の手腕に任せることにしたのだった。

5 次策

その夜。

フェリアは外通路から夜空を見上げていた。

「伝鳥を待っているのか？」

マクロンがフェリアにマントをかけながら問うた。

「いえ、なぜかわからないですけれど、空を見上げたくて」

マクロンがマントごとフェリアを抱き締めた。

「……カロディアが恋しいか？」

久しぶりの帰郷だった。

王妃となった今、あの地に立てるなどとフェリアは思ってもいなかった。

「とんぼ返りになってしまったからな」

フェリアはソッと目を閉じた。

断崖絶壁、魔獣の棲む深い森、薬草の広がる領地、眼下に海を臨める皆が集まる丘、見知った顔ぶれ、リカッロのガハハ笑い……、そして脱獄劇。

今頃訪れた望郷の念と共に、心に影を落としたメルラの裏切り。

気持ちの落とし所が見えない。

「マクロン様の気持ちが痛いほどわかりました」

瞳を閉じたまま、フェリアは胸に手をあてる。

「そうだな……謀略、裏切り、寝返り、反逆、嫌というほど経験した」

先王の急逝により、後ろ盾なく二十五歳で玉座に就いたマクロンは、信じていた者に背を向けられたこともある。

それが、玉座に就くということだ。

「父上の方が、もっと酷かったはずだ」

前王妃の死の真相など、その最たるものである。

「メルラはなぜ……」

フェリアは言葉が詰まる。閉じた瞳がそのままなのは、堪えている涙が溢れ出てしまうからだ。

「ミミリーはなぜ、サブリナはなぜ、アリーシャはなぜ、ハロルドはなぜ、ソフィア貴人はなぜ、ハンスはなぜ、エルネはなぜ、バロン公はなぜ、カルシュフォン王はなぜ、モファト王子はなぜ、モディ王はなぜ……たくさんのなぜを解いてきたではないか」

マクロンの言葉は続く。

「妃選びの最中がもっとも過酷だった。心身共に疲れ果て、フェリアに出会った。今、フェリアも王妃の座を、メルラの件で実感しサブリナの危機で痛感した。久しぶりのカロディアの地で心を躍らせたのに、王妃としての立場に引き戻されたのだ。気持ちが乱れ酷く疲れただろう」

マクロンは、それをずっと経験している。

「……ええ、その通りですわ。情けないと思います。マクロン様の横に立つと心に決め王妃になったのに……私、最近弱くなってしまったみたい」

フェリアは目を開け、マクロンを上目遣いに見上げた。

ホロリと一筋涙が流れた頰に、マクロンが唇を落とす。

「しょっぱいな」

マクロンが、次々に溢れ出る涙を手で拭った。

「ビンズは全身全霊でサブリナを守ると宣言した。だが、私は違う」

引き寄せられるように、二人は唇を交わす。

「……心を守れるのは、自分自身しかいない」

離れたマクロンの口が紡いだ。

「守れはしない。支えることも、叱咤激励や鼓舞もしない。ただ、待つだけ……再び、心が奮い立つのを」

誰かに守ってもらわねば、立ち上がれない者であっては国を治めていけない。

「フフ、思い出しますわ、妃選び三カ月で意向面談した日のことを。あの日も守ってはやれぬと口にして、後ろから抱き締めてくれました」

フェリアは、自身をすっぽり包み込むマクロンの腕に触れた。

「私がしてやれるのは、全身全霊でフェリアを包むことだけ。命尽きるまで、私の温もりがフェリアを離れることはない」

マクロンがフェリアの耳元で告げる。

「死が二人を分かつまで」

マクロンの言葉に安心するように、フェリアは温もりに身を預けた。

ゲーテ公爵が小難しい顔で執務室にやってくる。

「まだ、口を割らないか」

マクロンはゲーテ公爵が報告を口にする前に言った。

詰問を始めて六日が経った。

メルラも隠れ村の密売人も頑として口を割らない。

「はい。口にするのはアリーシャ様の関与はないということだけです」

メルラは捕まってからずっとそれだけを口にしている。

ミタンニには、すでに早馬騎士を出してある。

エミリオには、メルラの捕獲をアリーシャに知らせず見張るように指示した。

同時に、ミタンニでのアリーシャとメルラ周辺の動きも調べるようにと。

「本当にアリーシャの関与がないなら、メルラは誰に唆され、なんのためにこの脱獄劇に加わったのだ?」

フェリアも口にしていたように、ミタンニを崩壊させたモディの王子を、ミタンニの民であるメルラが逃そうとする理由がわからない。

背景が全く見えてこないのだ。

「それは、アリーシャ様が関与していたとしても同じで、なんのためにこの脱獄劇を行ったのかと疑問が浮かびます」

「やはり、当人らが口を割らねば背景は摑めぬか」

マクロンは唸る。

「ただ、ビンズ隊長がグキッとさせた隠れ村の密売人からは、治療を餌に少しばかり証言を得られました」

「そういえば、あの者だけは現場で違った動きをしていたな」

モファト王子を逃がすための動きをせず、サブリナに一直線だったからだ。

「なるほど。本人の証言と符合しますな。……モファト王子に華狩りの件を伝えるようモディ王に依頼されたとのことです。幽閉島にて、別の依頼だろう仲間を見て、便乗して逃走に加わったようです」

マクロンは顎を擦る。

「他の隠れ村の密売人は、別の依頼か。その黒幕もいるのだな」

「それも、モディ王ではないでしょうか？」

マクロンは困惑する。

「こちらの予測ではあるが、『華狩り』ではなく『王子狩り』をダナンにさせようと目論んだモディ王が、わざわざ、すでに捕まっているモファト王子を逃がす算段をするか？」

他の王子を狩らせようとするのに、一方で逃がそうとするだろうか？

モディ王の意図が、本当に華狩りだったとしても、モファト王子を逃がす算段までするのか？

王子らの狩りの力量を測るため、手助けはしないはずだ。華狩りを伝え、自力で逃げ出すのを期待するのならわかるが。

「それに加えて、メルラがモディ王とどう関係しているのだ？　ミタンニ崩壊の元凶と手を組むとは思えんからな。アリーシャが加わったとて同じだ」

結局は堂々巡りに陥ってしまう。

マクロンとゲーテ公爵は無言になってしまった。

コンコン
『王様、バロン公爵様が到着しました。お通ししてもよろしいでしょうか？』

扉番の騎士が言った。

カロディアでの治療を終え、騎士と共に王城に戻ってきたのだ。

「通してくれ」

入ってきたバロン公の顔は、擦り傷で痛々しい。

後ろ手に拘束された状態で、隠れ村の密売人に浜辺へと突き飛ばされたからだ。

マクロンが申し訳なさそうな顔になると、バロン公が苦笑いした。

「全然、問題ありませんので」

「アルファルド王弟に怪我を負わせたのだ。正式にアルファルドには謝罪する」

「いえいえ、大事にしないでいただきたい。まだ放浪をしていたいのに、この件を理由に連れ戻されてしまいますから」

マクロンは、バロン公の言い分にフッと笑った。

「バロン公爵様」

ゲーテ公爵がバロン公に呼びかける。

「ああ、これはこれは、久方ぶりになりますな」

二人は笑顔で握手した。

「会って早々ではありますが、件の婚約を解消する書類を整えております。身勝手を承知で、ご署名をお願いしたく」

ゲーテ公爵が深々と頭を下げた。

「もちろんです。かりそめの婚約だと承知しておりましたから」

二人は書類の確認を始めた。

「そういえば」

バロン公が顔を上げて周囲を見回す。

「王妃様は？」

マクロンは苦笑まじりに口を開く。

「微熱で、大事を取って休ませている」

外通路の翌日から、フェリアは熱を出してしまったのだ。

サブリナが失踪している間、癒やし処の事業を引き継ぎ、かつ、新たに採用した女官や侍女など王城勤めの者を把握、女性騎士への指揮、その間にお茶会や夜会といった社交もこなしている。

通常の政務も滞ることはなく、『ノア』を中心とした薬草関連のことも担っていた。

ゆっくりできるはずだった新婚旅行は、サブリナやビンズの件も含め、モファト王子脱獄未遂で王城にとんぼ返りとなった。

馬車はサブリナとビンズに預けていたため、乗馬で帰ることになり、疲労した体で外気に触れてしまったことが原因だろう。

そして、一番の理由は心が風邪を引いたこと。マクロンも王位に就いてすぐの頃、その経験がある。

「私が言うのもなんですが、妃選び中から今まで、王妃様には無理をさせてしまっています。ダナン忠臣として不甲斐ないばかりです」

ゲーテ公爵が眉尻を下げながら言った。

「それを言うなら、私とて同じでしょう。ハロルドも含め、王妃様には多大な迷惑をかけ続けているようなものですから。恩返しの一つもできず、私とて不甲斐ないばかりです」

バロン公が頭を下げる。

「死ぬまで体調が万全な者は存在しない。我とて経験がある。フェリアはそれが今だというだけ。……気を張っていたのを、我が解いたのだ」

マクロンは外通路でのことを思い出し、穏やかな笑みを浮かべた。

「茶化した方がよろしいでしょうか？」

ゲーテ公爵がニヤリと笑む。

「王妃様が気を許すのは王様だけなのでしょうね」

バロン公も朗らかに笑みながら続けた。

マクロンは視線を逸らして、小さく咳払いしたのだった。

五日後。

フェリアは回復したが、マクロンが見守りながら一緒に政務をしている。

「もう、大丈夫なのに」

フェリアは、ふくれっ面で言った。

ふくれっ面の理由は、畑作業を禁止されているからだ。

「体を動かして汗を掻いた方が、元気になるわ」

マクロンは、フェリアの膨れた頬を両手で押さえる。

「言うことを聞かない口は塞いでしまおうか」

フェリアは視線を泳がせた。

なぜなら、ここにはゲーテ公爵、ペレやマーカスもいる。ブッチーニ侯爵やゴラゾン伯爵もいるのだ。

「兄上、失礼します」

「失礼致しますわ」

さらに、ジルハンとミミリーも加わった。

頬をマクロンの両手で挟まれている状態のフェリアは赤面する。

「言うことをちゃんと聞くな？」

「ひゃい」

そこで、マクロンの手が離れる。

フェリアは、両手で頬を擦った。

「姉上、私には無理をしないように口酸っぱく言うのに、自身は無理をするなんていただけません」

ジルハンの言うことはもっともだ。

フェリアは大人しく頷く。

「じゃあ、手伝ってもらっている皆に、パンでも焼こうかしら」

いいことを思いついたとばかりに、フェリアは目をキラキラさせて言った。

「フェリア」

マクロンはフェリアの腰を掴み、持ち上げて自身の膝の上に乗せた。

「な、な、何を⁉」

「ここで、政務をすればいい。言うことを聞くな?」

マクロンがビンズばりの恐ろしい笑みで言った。

フェリアは、ミミリーに助けを求めるように視線を投げる。

「じゃあ、ミミリーも私の膝の上がいいね」

あろうことか、ジルハンがマクロンと同じようにミミリーを膝に乗るように促す。

「もう、ジルハン様ったら」

ミミリーは慣れたように、ジルハンの膝の上に乗った。

「ええっ!?」

フェリアはジルハンとミミリーの姿に唖然とした。

「まだ、ミミリーを抱き抱えられはしませんが、膝上で支える程度の筋力はついたのです!」

ジルハンが誇らしげに胸を張った。

その様子を、ブッチーニ侯爵が微笑みながら見守っている。

フェリアは、大人しくマクロンの膝の上にいるしかない。

「よし、これで全員揃ったか。これより、『天然で鈍感、崇高なすっとこどっこい騎士』の婿入りを最終調整する。ゲーテ、準備はできているな?」

マクロンの言葉を受け、ゲーテ公爵が頷く。

「もちろんです」

ビンズがゲーテ公爵家に婿入りする最終調整の場である。

ゲーテ公爵が集まった者に一礼してから口を開く。

「まず、ゴラゾン伯爵の養子とします」

ゲーテ公爵が書類をゴラゾン伯爵に渡した。

ゴラゾン伯爵が内容を確認して署名した。

「ミタンニに三男を行かせましたので、ちょうど業務を引き継いでもらう人材が必要でした。便り所の運営や伝鳥も含め、手が足りていませんでしたのでありがたいことです」

ゲーテ公爵が、署名した書類をゴラゾン伯爵から受け取る。

「現状、ゴラゾン伯爵家が郵政を一手に担っています。国内の郵政所、国外の便り所、伝鳥、そして、ミタンニとの連絡と運搬。ゴラゾン伯爵家の拡大を快く思っていない……いえ、危惧している貴族らに、伝鳥業務諸々を切り離す目的の措置だと根回ししました」

王の手足を担う騎士が、ゴラゾン伯爵家の養子となり、伝鳥に関して受け持つのだと説得したわけだ。

これで、騎士爵から伯爵家の養子となる。

「次策ですが」

ゲーテ公爵がブッチーニ侯爵に目配せする。

「郵政は国道に通じるものです。我が家はダナンの国道管理を担っております」

ブッチーニ侯爵が言った。

「復籍(ふくせき)したジルハンには、現在、国道に関する業務を任せている」

続くマクロンの言葉に、ジルハンが笑みで応えた。

「国道の件も含め、ジルハンの側近とする。第二騎士隊隊長の任は解き、後任の選抜(せんばつ)と引き継ぎを進める」

騎士爵から伯爵家の養子へ、騎士から側近へ、マクロンからジルハンへ、ということだ。

「さて、ここからです」

ゲーテ公爵がフッと息を吐(は)き出す。

「ゴラゾン伯爵家同様に、我が家も権力が拡大していると思われていましょう」

フェリアはそこで、ハロルドの言葉を思い出す。

かりそめの婚約を、ラファトではなくハロルドでもいいのではないかと口にした時のことだ。

ゲーテ公爵家はダナンの筆頭貴族で、かつ、ミタンニ王妃の生家に留(とど)まらず、アルファルドまで繋(つな)がりを持つことになるから問題なのだと話に出ていた。

そして、解消はしたものの、モディ次代の可能性が出てきたラファトとのかりそめの婚約も、周囲にはゲーテ公爵の権力拡大に見えたはずだ。

「我が家の増大した権力を削ぐため、騎士爵上がりの伯爵家養子との婚姻を取り決める算段でどうでしょうか？」

エミリオの公爵位を移譲せず、ダナン貴族が納得する算段をゲーテ公爵は考え出した。

「流石、ゲーテ公爵だわ」

フェリアは笑みが漏れる。

その手腕で、ミタンニを軌道に乗せてきたはずだ。

「これで、やっと引導を渡しに行けます」

ゲーテ公爵が皆に深々と頭を下げた。

これから、離宮に向かうのだ。

「ゲーテ、奴が署名を拒んだら、手首をグキッとしても良いからな」

「王様、それでは本当に引導を渡すことになりますぞ」

騎士の手首をグキッとしたらどうなるか、と考えればわかるだろう。

皆が笑って、ゲーテ公爵を送り出した。

ゲーテ公爵を送り出してから、マクロンとフェリアは突破口を得ようと、ギアドから隠

れ村の密売人について話を訊くことにした。

執務室に、ギアドが現れる。

「お呼びだとのことで」

ギアドがニマニマしながら挨拶する。金が手に入ると思っているのだろう。

隠れ村の密売人は金で動く。

「もう耳にしていると思うが、隠れ村の密売人がモファト王子を逃がそうと、脱獄を試み失敗した。依頼者を吐かないのだ。何か知っていることはないか?」

ギアドが首を傾げる。

「隠れ村の密売人なら、金さえ積めば口を割りますよ」

「いや、それをほのめかしても、口を割らんのだ」

ギアドが何やら考え込む。

「……依頼が終わっていないからでは?」

「また、脱獄して逃走を図るというのか?」

マクロンの問いに、ギアドが首を横に振る。

「その依頼者が、失敗した時のことも取り決めていたなら……逃がすための別の方法、次策があるんじゃないですかねえ」

マクロンとフェリアは、顔を見合わせた。

この依頼者は、華狩りに見せかけて、あえて捕まり幽閉島に送られることを見越していた知恵者だ。次策があるからこそ、口を割らないなら頷ける。

「まだ、この件には続きがあるということね」

フェリアの言葉に、マクロンも納得する。

「捕まっている十人の隠れ村の密売人は、ギアドが知る者かどうか確認してもらいたいのだが」

「そりゃあ、無理ですって！」

ギアドが大げさに拒む。

「隠れ村の御法度なんだ、仲間を売ることは。依頼者は売っても、仲間は売らねえ。それが、顔見知りでなくてもさ」

確かに、手首をグキッとやられた隠れ村の密売人も、モディ王の依頼だということ以外は喋っていない。

それと同じで、依頼は完遂しているから、ギアドも依頼者を口にしていた。

隠れ村の密売人への依頼は、暗黙の了解があるのだろう。

「そうか……」

マクロンは残念そうに呟いた。

ギアドが居心地悪そうに下を向く。

「……隠れ村は追放された貴族や、盗人風情が集まってできた村だって聞いてるだろ？」

ギアドが下を向いたまま、ポツポツと言葉を落とした。

「もちろん、そんな奴らが全くいねえとは言わないさ。だけど、隠れ村に逃げ込んだ奴らって、とんでもなく不遇な身の上だったりするわけ。行く当てがなくなった者の集まり……俺なんて、権力者に恋人を奪われ自暴自棄になって流れ者になった馬鹿だし」

ギアドが乾いた笑いを溢した。

「だから、知ってる奴でも知らない奴でも隠れ村の者のことは売らねえってこと。売っちまったら、帰る場所がなくなる」

ギアドが顔を上げて胸を張った。

フェリアは、ギアドに微笑む。

「ギアドが売れるものだけ口にすればいいわ」

「ああ、我もそれで構わん」

マクロンとフェリアの言葉に、ギアドが『へへへ』と笑った。

「じゃあ、訊き方を変えるわ。この依頼者はモディ王だと思う？」

思うかどうかなら、ギアドでも口にできるだろう。私見なのだから。

「モディ王だとは思わない」

「なぜ？」

「モファトの旦那に十人遣わせたなら、ラファトの旦那にも、他の王子にも十人遣わせるはずだから」

それは、マクロンとフェリアも思っていたことだ。

跡目争いの時でも、最初の配下は五人ずつ平等だった。

華狩りをモファト王子に伝えた一人を除いた九人は、誰に遣わされたのか。

「じゃあ、誰だと思う？」

「わからない」

ギアドは端的に答えていく。

「では、我も訊こう」

マクロンは、一拍置いて口を開く。

「ミタンニの民がこの脱獄劇を手助けした。どう思う？」

メルラのことは公になっていない。アリーシャとの関わりを含め、ミタンニにも影響が出ると考えられるからだ。

モファト王子と隠れ村の密売人が脱獄を図ったと公表している。

ギアドが怪訝な顔をする。

「それは、どのミタンニの民ですかい？」

「どのとは？」

「ミタンニの民って一括りに言ってますが、復国ミタンニの民なのか、モディに住むミタンニの民なのか、今も各国に散らばってるミタンニの民なのか。……モディ寄りのミタンニの民なら、モファト王子に近しい者だったら手助けすると思いますぜ」

だが、メルラは復国ミタンニの民だ。モディに近しい者ではないどころか、恨みを持つ者だ。

マクロンとフェリアは、小さく息を吐き出すに留めた。

ギアドに、詳しいことは明かせない。

「では、最後に一つ。脱獄劇が失敗した時の取り決めは、どんなものだと思う？　依頼をたくさん受けてきたギアドなら、次策を予想できないか？」

マクロンは最後の質問をした。

かなりの時間考え込んで、ギアドがゆっくり口を開く。

「次策は考えつかないけど、金を積む以外に依頼者を明かす状況はある。……依頼者の死を知ったなら」

「なるほど。依頼が終わる、依頼者の死……依頼が意味を成さなくなるからか」

ギアドが上目遣いに首を竦める。

マクロンは目配せして、マーカスにギアドへの謝礼を促した。

「では、失礼致しやす。また、呼んでくだせい」

ギアドはまだダナンに留まってくれるようだ。羽振りがいいのか、腕輪やら耳飾りまでつけている。ダナン王都を満喫しているのだろう。

「ああ、また頼む」

マクロンとフェリアはギアドを見送ったのだった。

ギアドから突破口を得た翌日、マクロンとフェリアは詰問府へと向かった。

「私は顔を出さぬ。フェリアとローラで頼む」

地下牢に続く扉が開く。詰問府への入り口だ。

「フェリア、無理はするな」

「はい、もちろんですわ。ジルハンにも叱られましたもの」

フェリアは、スーッと息を吸い込み気持ちを落ち着かせると、メルラのいる牢屋へとローラを引き連れ向かった。

「メルラ」

フェリアは牢屋で俯き膝を抱えて座るメルラに声をかけた。

メルラがハッとして顔を上げ、フェリアとローラを見る。

マクロンと近衛、お側騎士は物陰から様子を窺っている。

「あ、あ……」

メルラは、吐息のような声を漏らした。

「あんた、命の恩人で、ミタンニ復国に尽力した王妃様によく盾突いたさね」

ローラが腕組みしながら言うと、メルラがギュッと唇を噛む。

フェリアは、ローラに下がるように言った。

ローラが肩を竦めて、一歩下がった。

「ミタンニのメルラ」

フェリアは誇れる名でメルラを呼んだ。

メルラがピクッと反応する。

「モファト王子を逃がすことが、ミタンニの発展に繋がるの？」

メルラの芯は変わっていないはずだ。

メルラの行動の原点は、ミタンニである可能性が高いとフェリアは踏んでいる。

「モファト王子を逃がすと、ミタンニに良いことがあるの？」

メルラの瞳が一瞬揺れ動くが、口をギュッと噤んだままだ。

そこで、フェリアは問いを一旦止めた。

「アリーシャの責任は免れないわね」

「アリーシャ様は本当に関係ありません！」

　メルラが声を上げた。

「だって、秘花と幻惑草を使ったのよ。関与の有無がどうであれ、アリーシャにはメルラの上役としての責任が生じるの。秘花を大事にするアルファルドにも顔が立たないわ」

「そんな！」

　メルラが動揺する。

「私がアリーシャ様を利用しただけです！　だって、アリーシャ様だって私の手を利用してきたのだから、お相子になるって」

「『誰か』が言ったのね」

　メルラがウッと言葉を止めて、また首を横に振る。

「身勝手なお相子だこと。薬草栽培の手助けと、薬草を使った悪事がお相子だなんて」

　フェリアはメルラに冷たい視線を投げた。

「お相子になると、『誰か』があなたに言った」

　フェリアは屈む。

「隠れ村の密売人も、『誰か』に依頼された」

　フェリアはメルラをジッと見つめる。

「このまま『誰か』が判明しなければ、アリーシャが責任を取る。『誰か』が判明すれば、きっとアリーシャに責任はないのでしょうね」

フェリアの視線に、メルラの瞳が大きく揺れる。

「あなたは、どっちに責任を取らせるの？」

メルラは揺れる瞳のまま、小さく首を横に振り続ける。

「やめてください。王妃様はお優しい方なのに、なぜ、そんなことを口にするのです？」

「私は、ダナン王妃だからよ」

寸の間もなく、フェリアは答えた。

「ここは、ミタンニではないわ。ダナンなの」

マクロンがエムバト王子らに言ったように、フェリアは冷淡に告げた。

メルラは、やっとそこで恐怖を瞳に宿した。

今までは、縋るような瞳だったのだ。

メルラは心のどこかで、ダナンでの功績に頼っていたはずだ。自分には恩情があるはずだと。温情をかけられるはずだと。

フェリアは立ち上がる。

「『誰か』に、口止めされた？　脅された？　いいえ……口を噤む理由は他にあるのでしょ？」

メルラがビクビクしている。

「脱獄に続く、モファト王子を逃がすための算段――次策があるのね」

『誰か』が考えたその次策に、メルラも隠れ村の密売人らも自信があるのだろう。だから、頑なに口を噤んでいる。

ゲーテ公爵の手腕が頭を過る。

ビンズに伝鳥を飛ばした次策に、貴族らを納得させる算段。

メルラや隠れ村の密売人の裏にいる『誰か』の手腕は、次にどんな策を繰り出してくるのだろうか？

一瞬、『誰か』とモディ王の存在が重なる。

だが、フェリアはそれを掻き消した。

ミタンニを崩壊させたモディ王の指示に、ミタンニのメルラが従うはずはない。

この脱獄劇には、モディ王ではない他の『誰か』の指示が必ずある。

それは、モファト王子に近しいモディ寄りのミタンニの民なのか？

ミタンニの民が、どんな目的があって憎むべきモディの王子を逃そうとしているのか？

恩のあるダナンに盾突くような脱獄の手助けをする相応の理由とは？

フェリアは、まだ答えを導けない。

メルラに揺さぶりをかけるしかないのだ。

「……次策を使えなくする方法が一つだけあるわ」

フェリアは、クスッと笑ってみせた。

「逃がす存在がこの世からいなくなればいいものね」

依頼を根底から覆してしまえば、次策など行えないのだ。

依頼が終わるか、依頼者が亡くなるか、ギアドはそれ以外のもう一つを言わなかった。

マクロンとフェリアなら言わずともわかると判断したのだろう。

そして、マクロンは言った、依頼が意味を成さなくなればと。

今回の場合、モファト王子を逃がすことが目的なら、モファト王子がこの世からいなくなれば、依頼は意味を成さなくなるのだ。

「駄目です！　やめてください！」

メルラが叫ぶ。

「思い通りにはさせないわ」

フェリアは、それだけ言って踵を返した。

「待ってください！　待ってください！　待ってぇぇぇぇ！」

フェリアはあえて振り向かない。

「馬鹿だね。あの方は、ダナンの王妃様なのさね。ダナンに盾突いた者に容赦はしないさ」

ローラだけを残した。

暗い牢屋には死角が多く存在する。

マクロンがフェリアを待ち受け、抱きとめた。

「よくやった」

マクロンが小声で言った。

フェリアは胸に手をあて、ホッとひと息つく。

「心の限界が来たら、吐くだろう」

マクロンが地下牢の冷えにあたったフェリアの体を、自身の上着で包んだ。

「お願いいいいいい、やめてぇぇぇぇ」

メルラの叫び声が響いていた。


時はさかのぼる。

ダナンが建国祭で賑わっていた日のこと。

それは、モファト王子がメルラと隠れ村の密売人らと共に脱獄を企てた日でもある。

その女は城門に掲げられた首を見上げていた。

「ねえ、そこから何が見える？」

女は小首を傾げた。

「ねえ、こんな未来になると思っていた？」

女の周辺は、とんでもなく混乱している。

せっかくダナン騎士が開墾した畑は踏み荒らされ、見るも無惨な状況だ。

人々は慌てふためき、怒号が飛び交う。

取るものも取りあえず逃げ出す者、反対に荷馬車に溢れんばかりの荷を積み込んでいる者、混乱に便乗し欲を出す者、泣き叫ぶ弱き者……。

「二度目の光景ね。頂がいなくなった国は呆気ないこと」

女は微笑した。

周囲と反比例し、女だけは穏やかだ。

「リリーシュ様」

リリーシュと呼ばれた女は、振り返って同胞を見た。

苦楽を共にした仲間たちが並んでいる。

最初はもっと多かったが、必要な人数だけに絞った。

未来を託せる者は全て手放して、再び芽を出した焦がれる国へ送り出したのだ。失敗した時に影響が及ばないように。

何もせず、ただ見守ってくれるだけでいいと約束した。

ちゃんと、約束を守ってくれればいいのだけれど、とリリーシュは切に願う。

「見事本懐を遂げられましたね」

同胞らが眩しそうに、首を見上げた。

リリーシュも再度首を見上げる。

「こっちは成功したわ。あっちは上手くいったかしら？」

「あちらが成功していようが失敗していようが、次策は最初から決定事項ではないですか」

同胞の言葉にリリーシュが物憂げに頷く。

「……気がかりが？」

「あの子を騙してしまったから」

リリーシュは握っていた右手を開き、銀細工の髪留めを見つめる。

首の髪をずっと飾っていた物だ。

「些細なことです、リリーシュ様。それは、モファト王子ではなくあなたに権利がある」

「そうね」

リリーシュは、同胞の手に髪留めを渡すと、おもむろに髪をまとめ上げた。

同胞がリリーシュのまとめ上げた髪に髪留めを飾った。

「女王様」

同胞らが軽く膝を折って、敬意を示した。

「それから、やっとこれをつけられる」

リリーシュは手持ちの巾着から、精巧な銀細工を取り出す。

焦がれる国で幸せだった頃の思い出の品。

三十数年、これを身につけられなかった。

震える手で自身を飾った。

「お似合いです」

同胞らが涙ぐんでいる。

「ありがとう」

一度瞳をギュッと閉じた。

そして、涙を溢すことなく、リリーシュはまた首を見上げる。

「ねえ、私にこれが取られるなんて思っていなかったでしょ？

ねえ、敗北を喫した気持ちを教えてよ。

ねえ、私が次代よね。モディ王の首を狩ったのだから」

メルラは、まだかすれた声で訴えている。

「お願ぃ……モファト王子を……殺さないでぇ」

「馬鹿さね。どんな事情があるかわからないけど、最初から王様と王妃様を信じて頼れば良かったさね」

ローラがメルラに水を差し出す。

メルラは、それを押しのけた。

「毒なんて入ってないさね」

ローラが、メルラに水をぶっかけた。このままでは、脱水症状を引き起こしてしまう。

メルラの舌が少しだけ動く。水を欲していた体は正直だ。

ガシャン
一際大きく地下牢の扉が開く音が響いた。

メルラは鉄格子を両手で摑んだ。

「お願いしまずぅぅ！　モファト王子を、ごろざないでぇぇ！」

絶叫がこだました。

コツコツと、メルラの牢屋へと足音が近づく。

ローラがバッと立ち上がり、姿勢を正した。

「王様」

頭を下げたローラに、マクロンは頷いて応えた。

フェリアの詰問からは、一刻時間を置いてある。

メルラが必死にマクロンに訴える。

「どうがぁ、どうがぁ、ごろざないでください！」

マクロンはメルラを軽く一瞥すると、懐から金の髪留めを取り出す。

メルラの目が大きく見開く。

エムバト王子も髪留めの載った盆を見た時、同じように驚愕した。首を狩ったのかと思ったからだ。

「あっ、あっ、あああぁあああぁぁ」

悲痛な叫びが地下牢に響いた。

「そんなぁ、そんなぁ！『お姉様』、ごめんなさいっ！」

メルラは大声で叫び、気絶した。

6 『誰か』

深夜。

ミタンニから早馬騎士が到着する。

目の下の隈が酷く、寝ずに駆けてきたのは明らかな顔つきだった。

「報告致します！」

文はなく、口頭で始まる。

誰もが、その知らせを予想しなかっただろう。

「モディ王の首が城壁門に掲げられました！」

マクロンとフェリアは絶句した。

「内容が内容だけに、エミリオ様は伝鳥でなく早馬での知らせとしました」

早馬騎士の発言に、やっと意識が戻る。

「報告を」

マクロンが早馬騎士を促した。

「モディの城壁門に王の首が掲げられたのは、ダナン建国祭の日。モディと交流のあるミタンニの民がいち早く異変に気づきました。城壁門は開け放たれており、モディを退く者も多数。退いた者からモディで広まった噂を聞けました」

　早馬騎士はそこで一拍置いた。

「モディ王は寝首を掻かれた、と。それから、ミタンニの民が……」

　フラフラと意識が飛びそうになる早馬騎士に、マーカスが冷水の入った桶を差し出す。

　早馬騎士がバシャン、バシャンと顔を洗った。

「ミタンニの民の一部に怪しい気配があり、エミリオ様が警戒されております」

　マクロンは眉間にしわを寄せた。

　同じような話をゲーテ公爵から耳にしていたからだ。

「そのミタンニの民とは、復国ミタンニの民か？　モディに住むミタンニの民か？　それとも、別のミタンニの民か？」

　マクロンは逸る気持ちのまま問うた。

「その全て、です。隠れ村にも……」

　早馬騎士は限界に達したのか、床に体を沈めた。

「運べ！　療養だ！」

　マクロンの指示でマーカスと近衛が早馬騎士を運び出す。

　すぐに、医官と薬事官が診ることだろう。

「一体誰が？」

モディ王の首を狩ったのか？

マクロンは唸る。

「モディは今混乱していよう。次代は決まっていなかった。運悪く、モディの王子らは国外だ。モディを退く者がいるのは頷ける」

マクロンはそこで、モディの王子らへ知らせを出すよう指示した。

「モディの王子らがどうするかは各自の判断に任せるしかない」

モディに戻り、混乱する国を指揮し統率できるのか？

どの王子が名乗りを上げるのか？

いや、それ以前にモディ王の首を狩った者をどうするのか？

否、モディ王の首を狩った者はどう動くのか？

「……また、厄介になってきたな。ミタンニに影響がなければいいが」

「そのミタンニの民の怪しい気配とはなんでしょう？」

フェリアが心なしか不安げに言った。

「憎むべきモディ王の首が狩られ、動揺しているのかもしれん」

ミタンニの民は、繋がっているのだろう。

華狩りの件でもそうだったが、ミタンニの民はモディの情報をいち早く掴んでいる。モディに亡国にされた経験から、警戒して当然だ。

モディに残ったミタンニの民は、もしかしたら、その役目を担っているのかもしれない。

モディ王の首が狩られたことで、ざわついていると言った方が正しいだろうか。

「もっと詳細なモディの情報を掴んでいるのかもな」

可能性はあるだろう。エミリオも、華狩りの件により、ミタンニの民の情報網を注視しているとと思われる。

「王様、少しよろしいでしょうか?」

番長が、執務室にソッと顔を出す。

「どうした?」

番長は部屋に近衛隊長とお側騎士しかいないのを確認すると、口を開いた。

「フォレット家に元近衛が」

ミタンニ周辺で活動するハンスが、元近衛を報告に出したのだろう。

「モディ王の首狩りに関係あるのでしょうね」

ミタンニ周辺で間者的に活動し、隠れ村を見張っているハンスと元近衛らが、モディの異変に気づかないはずはない。

隠れ村の密売人は『ノア』収穫のため、モディを横目に草原の奥バルバロ山に赴いているのだから。

エミリオは早馬騎士を出し、ハンスは元近衛を遣わせたのだ。

マクロンはフェリアの腰を支えながら、フォレット家へ続く狭い隠し通路を進む。

「ギアドには隠れ村のことは訊けなかったが、ハンスなら調べているだろう」

逸る気持ちで、マクロンとフェリアはフォレット家へ入った。

ペレと番長の居る中、元近衛がマクロンとフェリアの前で膝をつく。

「隠れ村について報告致します。成り立ちに関しては、追放された貴族、盗人風情が集まってできた村であることは間違いありません。しかし、現在は代替わりで普通の村人も生活しております。それどころか、行き場を失った不遇な者が唯一逃げ込める村として成っています」

ギアドが話していた通りだ。

「生業は密売や秘密裏の依頼を請け負うことではありますが、実情は悪事寄りではなく、誰もが請け負わない危険な仕事を引き受けていることでしょう。高価な禁忌品・希少品の売買、貴族に攫われた娘の奪還や騙され奪われた金品の取り返し、危険地帯への行商、不当に命を狙われている者の警護や険しい山越え・海越えの帯同、冤罪をかけられた貴族の夜逃げの手助け、復讐の助太刀、『善行の悪事』と王妃様が称されたようなことを行っているのが、隠れ村になります」

元近衛が続ける。

「調べ上げた内容からして、隠れ村の者がモディ王の首狩りに関わったのではないかと、ハンス様は推測され、私をダナンに遣わせました」

マクロンは元近衛が発した一文が心に引っかかった。

それは、隣のフェリアも同じようだ。

「復讐の助太刀か」

マクロンの言葉に、フェリアも元近衛も静かに頷いた。

誰がモディ王の首を狩ったか？　モディ王が復讐の対象だったなら、話は簡単だ。

「モディ王に復讐したい者で一番に頭に浮かぶのは」

「ミタンニの民でしょうね」

マクロンに最後まで言わせず、フェリアが言葉にした。

早馬騎士の報告とも符合する。ゲーテ公爵の肌で感じた奇妙な気配とも。

ペレも番長も渋い顔つきになる。

「モディ王の首狩りに、ミタンニの民が関与しているなら大事になろう」

マクロンは目眩を覚えた。

フェリアと近衛隊長がマクロンに寄り添う。

「すまぬ」

マクロンは大きく深呼吸して体に芯を通す。

「エミリオの正念場だ」

ミタンニの民が関わっているなら、ミタンニとモディの戦争を引き起こしかねない。

フェリアがマクロンを気遣いながら口を開く。

「でも、すぐに緊迫した状況にはならないですわ。誰がモディを統率するというのです？　モディ王の首を狩った『誰か』？　モディの王子ら？」

そこで、フェリアは引っかかりを覚える。

「運悪く……国外？　運良く、国外？」

マクロンは運悪くモディの王子らが国外にいると言ったが、ミタンニの民から見れば、運良くと言える。

「ミタンニの民が関わっているなら……見方は変わってきますわ……『誰か』は、モディの王子らが国外だったからモディ王の首を狩ったのではなく、モディの王子らが国外にいたのも『誰か』の策略だったなら？」

フェリアの言葉にマクロンはハッとする。

「『誰か』がモディ王に華狩りを勧め、モディの王子らを国外に出した。モディ王の周囲を手薄にし、『誰か』はモディ王の首を狩った！」

最初から『誰か』の掌の上で転がされていたのだ。

「国外に出したモディの王子らはすぐに反撃ができないもの」

立国を一代で果たしたモディ王という頂が崩れ、次代候補は国外だ。モディの混乱を誰が統率できるだろうか？

『誰か』はそこまで考えて、行動を起こしたのだろう。

「この『誰か』は用意周到に策を練った。モディ王の首を狩る計画を遂行するには、隠れ村に秘密裏に依頼するしかないだろう。……待て、隠れ村の密売人は他にも依頼を受けた。モファト王子脱獄も手助けしている」

マクロンが今度は引っかかりを感じたのだ。

そこで、フェリアが口を開く。

「そう、そうだったわ……建国祭の日に『誰か』がモディ王の首狩りをした。建国祭の日に『誰か』の依頼でモファト王子が脱獄を図ったわ」

「ダナン建国祭の日を決行日にしたのだ！」

徐々に『誰か』が描いた策略が見えてくる。

「『誰か』は同じ人物ですね」

本来なら、モディ王の首狩りをした『誰か』と、モファト王子を逃がす『誰か』が同じだとは思わない。

憎むモディ王の首を狩った『誰か』が、憎むべきモディ王の息子を逃がす算段をするとは思わないからだ。

だが、見方を変えたならば、見えてくるものがある。

「そうか……脱獄が成功していたら、モファト王子は今頃モディ目前だったわけか」

ダナンとモディは早馬なら二週間強、フーガからでは十六日程度だ。

建国祭を決行日とした脱獄が成功していたら、モファト王子はモディ到着目前になる。

『誰か』の筋書きが明確に見えてくる。

「他のモディの王子らは、ダナンが狩ると『誰か』は思っていたでしょうし」

マクロンとフェリアは視線を交わした。

「モファト王子を次代として迎えられる」

最初の答えが出た。

「そのはずだった。けれど、脱獄は失敗しましたわ」

モディ王の首狩りは成功したが、モファト王子の脱獄は失敗した。

モディで待つ『誰か』は、到着しないモファト王子の脱獄失敗を判断していよう。

「次策が発動される」

三日後。

ゲーテ公爵とビンズ、サブリナが離宮(りきゅう)から王城に戻ってきた。

「ただいま、戻りました」

ゲーテ公爵の言葉に合わせて、三人は頭を下げた。

「いやあ、手首をグキッとやらずに済みました」

ゲーテ公爵が笑う。

「留守の間、臣下として傍(そば)に居られず申し訳ありませんでした」

ゲーテ公爵が離宮に行っている中で、モディ王の首狩りが王城に伝えられたのだ。

帰城し、すでに状況を耳にしたのだろう。

ビンズがゆっくりマクロンへ視線を上げた。

「王様の手足として、最後の仕事を全うしたいと思います」

ビンズの瞳(ひとみ)に迷いはいっさいない。

ゲーテ公爵が頼(たの)もしそうにビンズを見る。

「どうか、モディへの使者はこのゲーテと」

「私にお任せください」

ゲーテ公爵の言葉に続いてビンズが言った。

モファト王子の脱獄は失敗した。次策が発動するのを、ただ待っているだけでは『誰か』にまた踊らされるかもしれない。

何よりも、ミタンニの民が関わっているなら、エミリオも神経を尖らせるはずだ。ゲーテ公爵が居た方が心強いだろう。

「それで、モディの相手は誰になるのでしょうか？　あのモディ王の首を狩った者は？」

ゲーテ公爵は、ダナンの使者として誰に面会することになるのか問うた。

「王様と王妃様なら、すでに、尻尾は摑んでいるのではないですか？」

ビンズがシレッと言った。

マクロンがニヤリと笑む。

「『誰か』は華狩りをモディ王に勧め、モディの王子らを国外に出した。モディ王の周囲を手薄にして、憎むべきモディ王の寝首を掻いた。その一方で、『誰か』は、モファト王子を救い出す依頼を隠れ村の密売人に出していた。協力者はミタンニ復国の一助であったメルラ。脱獄が成功し、モファト王子がモディに戻っていたら、次代に名乗りを上げる予定だったのだろう。他のモディの王子はダナンが狩ると『誰か』は思っていたからだ」

ゲーテ公爵が唇を噛み締めた。その『誰か』の策に自身が踊らされ、思惑通りに動かされていたのだから。

「『誰か』はモディ王に恨みを持つ者よ」

フェリアの言葉にビンズが答える。

「ミタンニの民ですか」

ゲーテ公爵もビンズも険しい顔つきになった。

「そのミタンニの民がなぜ、憎むべきモディ王の息子を救い出し、次代にしようとしているのですか？」

ゲーテ公爵が問うた。

「暗殺者以外に、王の寝首を掻くことができる者は誰になると思う？」

フェリアは苦笑しながら言った。

「王である我の寝首を掻けるのは、フェリアだけだろうな」

それが、フェリアが苦笑した理由だ。

「モディ王の妃……ミタンニの民……。つまり、モディ王はミタンニの民を妃にしていたというのですか⁉」

ゲーテ公爵が答えに辿り着く。

「なるほど、つまり……モファト王子は、モディ王の妃となったミタンニの民の息子でしょうか？」

　ビンズも答えに辿り着く。

「この一連の計画を、ミタンニの民は知っていた可能性がある」

　ゲーテ公爵がハッとした。自身が感じていたミタンニの民からの奇妙な気配はそれを意味していたのだ。

「ミタンニの民がモディ王の首狩りをしたなら、普通はミタンニとモディで戦う状況になりましょう。ですが、モファト王子が次代に就いたなら」

　ゲーテ公爵がマクロンを見る。

「ああ、そうだ。ミタンニもモディも安泰と考える。モディの次代は、ミタンニの民の血を引く者だからだ」

『誰か』の壮大な計画は、ミタンニ崩壊から始まっていたのかもしれない。

「メルラはね、『誰か』のためにダナンを謀って、モファト王子の脱獄に手を貸した。メルラは……『誰か』を『お姉様』と呼んだ」

　フェリアが眉尻を下げながら言った。

「きっと、生き別れの『姉』だ」

　ミタンニ崩壊時、メルラと父親、姉と母親は生き別れになっている。

　姉と母親はモディに連れ去られたのだろう。そこで、モディ王の妃に召し上げられたと考えられる。

『誰か』の尻尾どころか、当人までマクロンとフェリアは摑んでいた。

「『誰か』はエミリオとも話したいはずだ、今後のミタンニとモディの未来に向けて。妹メルラとミタンニの民だった隠れ村の密売人のことも含め、ゲーテとビンズに交渉に行ってもらおう」

隠れ村の密売人がミタンニの民だったとは予測に過ぎないが、きっと、その予測は合っていよう。

モディ王の首狩りとモファット王子脱獄の手助け、いくら秘密裏の依頼を引き受ける隠れ村の密売人といえども、安易にそんな依頼は請け負わないだろう。

依頼者も隠れ村に依頼するからと言って、見ず知らずの相手を信用し軽々しく口にできない依頼内容だ。その依頼をモディ王に売ることだってできる。

そう考えると、三十数年前のミタンニ崩壊に伴い、隠れ村の密売人となったミタンニの民に依頼したと考えられるのだ。

「交渉は、お任せください」

ゲーテ公爵とビンズは膝を折った。

「とはいえ、どのような交渉になりましょうか?」

モファット王子を次代として認めるのか、他のモディの王子らをどうするのか？　メルラや隠れ村の密売人も含めて、どのような処遇にすればいいか。

「難題だな。これは、ダナンが決められることではない。エミリオが決めることでもあろう」

ダナンが遠く離れたミタンニやモディのことに口出しはできない。とはいえ、モファト王子脱獄についてはダナンが処遇を決めることでもある。

「エミリオ様が、モファト王子解放をダナンに要望することになるかもしれませんぞ」

ミタンニの血を引くモディの王、ミタンニの民なら歓迎すべき展開だろう。

「モファト王子を次代と認めることは、一見上手く収まるように見えるが、遺恨になろう。ミタンニ崩壊と同じだ。今度はモディの民が恨みを持つことになる。モディの王子らを筆頭に、モファト王子の首狩りを計画するとは思わんか？　さらに、復国ミタンニを逆恨みすることだろう。エミリオがそれに気づかぬはずはない」

だから、難題なのだ。

「確かに、モファト王子を認めるなら、モディの王子らが厄介な存在になりますな」

ゲーテ公爵の発言に、マクロンはハッとする。

「『誰か』が、もし同じように考えていて、ダナンが王子狩りをしなかった場合も想定していたら、モディ王だけでなく、モディの王子らの首も狙うかもしれん」

マクロンはすぐにモディの王子らを保護するように指示する。

「困難な交渉になりましょう。また、長い間留守にすることになります」

ゲーテ公爵がサブリナを見る。

今度は、ビンズにサブリナを任せられない。

「サブリナは王妃宮で預かるわ。……誰に許しを乞えばいいかしら？」

フェリアはゲーテ公爵とビンズを交互に見た。

「「お任せします」」

ゲーテ公爵とビンズの声が重なった。この時ばかりは、二人で火花を散らしている。

フェリアはクスッと笑う。

「サブリナ、好きで好きでたまらないビンズを少し借りることになるわね」

「フィーお姉様！」

サブリナが真っ赤な顔で叫んだ。

ビンズがサブリナに優しく微笑む。

「リナ、うなじまで赤いですね」

サブリナが、バッと両手でうなじを隠した。

「ビ、ビンズ、あなたって人は！」

「こんなに可愛いうなじを誰かに見られてはいけません」

ビンズが歯の浮くような台詞をかましてくる。

そして、例によって騎士が常備する三角巾をサブリナの首に巻いた。

いただけないセンスだ。

「よし、これでほっかむりをすれば問題ありません」

「問題しかありませんことよ！」

さて、二人の激甘劇を見させられた者は、遠い目をするしかない。

「ビンズ」

マクロンがうっとうしそうに呼び、あるものを投げつける。

ビンズが、それを掴み取る。

「私が……我がお前に授ける宝剣だ。その剣で、ゲーテを守り任務を全うせよ。この任務が終わったら、ジルハンにつけ」

ダナン王としてマクロンがビンズに命じた。

ビンズが宝剣を掲げて片膝をつく。

「王命に従います！」

そこで、フェリアはローラに目配せした。

ローラが艶めく白銀の髪が載った盆を、サブリナとビンズの前に向けた。

「これは……」

サブリナが短くなった髪を耳にかける。

「二束の飾り付け髪に仕立てたわ。一方は自身に、もう一方はビンズにつけてあげて」

サブリナの目が大きく見開く。

「離れていても、同じ飾り付け髪で繋がっている。一人でも怖くないようにおまじないよ」

ビンズがサブリナに身を屈めた。

「つけてもよろしいの？」

サブリナが恐る恐るビンズに問う。

「お願いします、リナ」

サブリナがビンズの襟足に、自身の銀髪をつけた。

そして、ビンズも自身が刈ってしまった銀髪をサブリナの耳横につける。

誰が見ても一目瞭然のお揃いだ。

サブリナが両手で顔を覆った。

「初々しくて、妬けますなぁ」

ゲーテ公爵が微笑ましげに言ったのだった。

7 女王の覚悟

『誰か』は、マクロンとフェリアの上をいった。

＊＊＊

モディ女王リリーシュと申します。
国主の首を狩った私ですから、次代として女王と名乗ってもよろしいかと存じます。
申し開くなら、首狩りをして次代を決める草原の風習に倣ったまでのことですわ。
ご挨拶にダナンへ参ります。
歓迎していただければありがたいのですが。

＊＊＊

『誰か』であるリリーシュが、とんでもない次策を披露した。
交渉内容を詰め、ゲーテ公爵とビンズを送り出そうとした矢先の文であった。
まさか、国をほっぽり出してダナンにやってくるなど、マクロンとフェリアには予想だにしなかった。

「モディ……女王は何を考えているのでしょうか？」

旅の服装に身を包んだゲーテ公爵が言った。

横には、ビンズも宝剣を携え控えている。

フェリアは、文を再度確認する。

便り所を使った文だ。最初の便り所押印はミタンニになっている。

リリーシュに近しい者が、ミタンニの便り所に持ってきたのだろう。

いくつかの便り所を通り、ダナンの王都郵政所に到着したのが昨日のこと。ゴラゾン伯爵が、王城に運んできたのだ。

便り所を使ったこともさることながら、マクロンとフェリアはリリーシュが次代に就いたことにも驚いた。

「女王か」

マクロンが呟く。

「それも次策の一つだったのでしょう」

フェリアは口にしながらも、首を横に振った。

「フェリア？」

マクロンが訝しげに問う。

フェリアは、便り所押印をマクロンに見せる。

「……建国祭の三日後？」

モディとミタンニは乗馬で三日。つまり、モディ王の首狩り決行日に、この文を出したということだ。

脱獄の結果を聞かずして、ダナンに訪れると文をしたためたということは、モファト王子を迎える気などなかったことになる。

「モディ王の寝首を掻いて、その手でこれをしたためたのですわ」

フェリアは文をもう一度見た。

「……覚悟を、モディ女王の覚悟を感じます」

「覚悟……か。もしや」

マクロンもフェリアの言葉で気づいたようだ。

ゲーテ公爵とビンズが指示を待っている。

「ゲーテ、ビンズ、迎えに行ってくれ。すぐ近くまで来ていよう。メルラと同じように文を追っていたなら」

女王の覚悟は、本人を目の前にしてからだ。

女王の文から一週間後。

31番邸の外、ティーテーブルは異様な雰囲気に包まれていた。

殺気立つモディの王子らが、モディ女王リリーシュが現れると感情を抑制できずに怒声を浴びせる。

リリーシュの髪には、モディ王の銀細工の髪留めが飾られているのだ。

対するリリーシュは微笑を浮かべている。

「跡目争いの一番手っ取り早い方法を実行したまでよ」

リリーシュが飄々とモディの王子らに告げる。

「ならば、私もお前の首を狩ってやる!!」

エムバト王子が怒鳴った。

「ええ、できるものならね」

リリーシュが周囲をチラリと一瞥した。

ここはダナン王城である。この場で、狼藉を働くことはできないだろう。

現に、隠れ村の者であろうリリーシュの配下らは、帯剣を外されダナンの騎士に取り囲まれている。

その数、たったの九人。リリーシュも含め十人でモディ王の首狩りを成功させたのだ。

いや、他にも仲間はいる。モファト王子の脱獄に加わったメルラと隠れ村の密売人九人。

二十人だけで、復讐を成したようなものだ。だが、かけた歳月は三十数年。途方もない戦いだったことだろう。

「エムバト王子、座られよ。今は、一堂に介した話し合いだ。敵討ちなら他でやってくれ。誰もそれを止めはせん」

マクロンがエムバト王子をなだめた。同時に、他のモディの王子らにも視線を投げる。皆、唇を噛み締め押し黙った。

「さてと、始めるか」

マクロンがリリーシュを一瞥した。

リリーシュが軽く頭を下げて、口を開く。

「お初にお目にかかります。モディ女王リリーシュですわ」

エムバト王子を筆頭にモディの王子らが、女王を名乗ったリリーシュを射殺さんばかりに睨んだ。

「どのように呼んだらいいかしら？」

フェリアはリリーシュに小首を傾げてみせた。

ダナンの王と王妃が、リリーシュを女王呼びすれば、それを認めたことになるからだ。

「ただ、リリーシュと」

リリーシュがニッコリ笑って答えた。

「リリーシュ、ダナンへの来訪、歓迎しよう」

マクロンがいち早くそう呼んだ。

それだけでも、モディの王子らの気を静めることになろう。モディ女王と呼ぼうものなら、冷静な話し合いなどできない。

「リリーシュ、モディの王子らは、あなたの策略を知らないわ。こちらで、説明してもよろしいかしら？」

フェリアはケイトにお茶の用意を頼む。

「ええ、お願い致します。ダナンの王様と王妃様なら、もうすでに全てわかっておられるのでしょうね」

一時の静寂が訪れ、侍女らが、カチャカチャとお茶を用意する音だけが響いた。

「では、私から」

フェリアは何もお茶に仕込まれていないことを証明するように、最初に飲んでみせた。

リリーシュもお茶に口をつける。

「ほぉ……爽やかな口当たりで疲れが取れますわ」

リリーシュの平静とは反対に、モディの王子らは苛々していらいらしている。

「では、説明していきましょう」

フェリアはモディの王子らへ向いて口を開いた。

「リリーシュは、憎きモディ王の首を狩るため、華狩りをモディ王に勧めあなた方を国外に出した」

「父上から、あれだけ寵愛を受けながら！」

エムバト王子が吠える。

「エムバト王子、最後まで静かに聞けないならば、退出させるわ」

フェリアは有無を言わさぬ口ぶりで言った。

エムバト王子が貧乏揺すりしながら、口を閉じる。

「ダナンの建国祭の日に、リリーシュはモディ王の寝首を掻いた。……その同じ日に、モファト王子が脱獄を図る」

その情報を、ダナン国外にいたモディの王子らは知らない。知っているのは、モファト王子がリリーシュの息子だということ。それから導き出される答えは簡単だろう。

「もうお気づきだと思うけれど、モディ王の首を狩り、モファト王子を次代として迎える……と見せかけたのね、リリーシュは」

フェリアの物言いに、モディの王子らが怪訝そうな顔になる。

そこで、フェリアはローラに目配せした。

ローラが門を出ていき、メルラを引き連れてくる。

今にも崩れ落ちそうに憔悴しきったメルラが、リリーシュの存在に呆然となった。

リリーシュが、メルラに微笑む。

「お姉、様……」

モディの王子らがメルラを見た。

「リリーシュの妹メルラよ。モファト王子脱獄の手助けをしたの。いいえ、モディ王の首狩りの手助けもでしょ？」

フェリアの問いに、リリーシュが首をコテンと傾げてとぼけてみせる。

モディ王が簡単に首を狩られるはずはない。簡単に首を狩られる状況を作れる何かの存在が必要だ。

秘花、その存在がモディ王の首狩りを成功に導いたのだろう。

「お姉様！　ごめんなさい、ごめんなさい、ごめんなさい！」

メルラの膝が崩れ落ちる。

「モファト王子が、モファト王子がぁぁ」

「首など狩るわけがないわ」

フェリアは言った。

カサカサと草を踏む音がして、メルラは振り向いた。

「えーっと、これで全員集合？」

ラファトが、モファト王子を引き連れて登場した。

その後ろには、ダナン騎士に囲まれた隠れ村の密売人らもいる。

これで面子が揃った。

「ぁっ、ぁっ、ぁ……」

メルラは言葉も出ない。

「あんたの口を割らせるためさね」

ローラが腰の抜けたメルラを引っ張り起こし、近くの椅子に座らせた。

ラファトとモファト王子も、ティーテーブルに着席する。

モファト王子は、母であるリリーシュの髪留めを一瞥し、嬉々とした表情になる。

「母上」

モファト王子が嬉しそうに呼んだ。

「次代は私ですね」

モファト王子は、他のモディの王子らを見回して言った。

モディの王子らが強く拳を握る。

「いいえ、髪留めをつけている私が次代だわ」

リリーシュが平然と答えた。

「あっ、そうでした。三代目は私になりますね」

モファァト王子が言い直す。

「さあ？　それを話し合う場でしょうね、ここが」

リリーシュがお茶を一口飲む。

モファァト王子が困惑げにメルラに視線を投げた。

「そう、メルラからモファァト王子は聞いていたのね。脱獄が失敗しても、リリーシュが次代となり、三代目をモファァト王子と決めるから、ダナンは身柄を解放することになると。ミタンニの血筋の王なら、ダナンもミタンニも承認するだろうとね」

フェリアは言った。

「リリーシュは、そう言ってメルラを騙したのでしょう」

メルラが『え？』と声を漏らす。

「ミタンニを崩壊させたモディ王の首を狩り、ミタンニの血筋の王を立てる。そう言えば、メルラから協力を得られると、リリーシュは思ったから」

モディの王子らに秘花のことは明かせない。だが、フェリアの物言いに、メルラならわかっただろう。

メルラから秘花を譲り受けるため、ミタンニの血を引くモファァト王子をモディの次代とする夢を見させた。

メルラがリリーシュを呆然と見ている。

「そん、な……」

メルラは言葉にできなかった。

「何が、どうなっているのです？」

モファト王子が不安げにリリーシュを見るが、リリーシュはそれに応えることはない。

反対に、射抜かんばかりのモディの王子らの視線を一身に受けて、モファト王子は居心地が悪そうだ。

「簡単なことじゃない。リリーシュは最初から、モファト王子を次代になんてする気がなかったということよ」

モファト王子が、信じられないと言わんばかりに表情を崩した。

「次代という夢幻に……多くの首が狩られたんだな」

突然、ラファトが呟く。

モディの王子らがラファトを見る。

「そうね、ここにはもう九人しかいない」

フェリアは九人のモディの王子らを見回した。

「勝手な想像だけど、息子の首を狩られた妃はモディ王を憎んでいるだろうな。もちろん、首狩りをしたモディの王子らも。一族全て亡くした俺には痛いほどわかる」

モディの王子らがラファトから視線を逸らした。

「よくおわかりね、ラファト様。首狩りに参加していないのは、ラファト様だけですわ」

リリーシュが小さく息を吐き出して言った。

フェリアに軽く頭を下げると、リリーシュが続ける。

「モディ王には多くの妃がいたわ。息子の首を狩られた妃は嘆き悲しんでいた。首を狩られた王子らの妻も同様にね。モディ王の寝首を掻いたのは息子を奪われた妃、王子である夫を殺された妻全員よ。いえ、娘を妃として差し出すほかなかった各一族の者もね。私たちの一太刀に威力はない。だけど、多くの者の一振りで首を掲げたの」

リリーシュがモディの王子らをしっかり見据えながら言った。

それは、つまり、首狩りをした王子らは、モディ王と同じように今後は狙われるだろうと暗に口にしたようなものだ。

「長兄の首を狩ったあなたを、私が何も思わないと?」

最後にリリーシュはモファト王子に向けて言った。

その言葉に、モファト王子だけでなくメルラも驚愕する。

「……そうでしたか。モファト王子はダナンに来る前に、首狩りをしていたのですね」

フェリアは悲しげに言った。モファト王子を思ってではない、リリーシュの気持ちを自分の息子同士が首狩りをする現実を……弟が兄を狩った現実を、リリーシュは目の当たりにしたのだ。

慮ってだ。

「だ、だって、父上が、跡目争いだと。だから、皆そうでしたから」

モファト王子が母であるリリーシュに冷たい視線を投げられ、動揺している。

「少なくとも一人は皆と同じではなかったわ」

リリーシュがラファトを見た。

「そんな！　ラファトを次代にするとでも言うのですか⁉　首一つ狩っていない腰抜けを！」

それは、モディの王子ら全員の代弁だった。

「『華狩り』だの『首狩り』だの、それが国をどう発展させるというのか。それがなんの役に立つ？　ラファトを腰抜けだと言うなら、お前らは、いや、モディ王とお前らは野蛮な『人狩り』だ。『人狩り』の末路はモディ王が身をもって示しただろう」

マクロンが静かに反論した。

「我は、モディ王は切れ者だと思う。立国を果たしたモディ王の力量も疑わない。だが、モディ王は最初の一歩を間違えた」

マクロンはフッと笑う。

「モディ王は、国を一から始めてしまった」

それのどこが間違いなのか、モディの王子らが疑問の目を向ける。

「立国するなら、零から始めねばならない。『人狩り』で得たひとり一人の借り物の手で国を成しても、砂上の楼閣のごとく崩れ去るのだ。自身の手で成したからこそ、綻びも自身で気づき、強固に直していける」

マクロンは王城背後の岩山を見た。

そこには、ダナンの世界樹がある。

ダナンの初代は、この地から始めた。岩山に育つ木を見て、豊かな土地であると確信し、零から国を興したのだ。

「奪った手でなく、得た手で国を成すべきだったのだ。何代にも継いで土地を豊かにし、国と成っていく。モディ王は悪手で立国してしまった。もし、モディ王が零から始めていたら……今頃、草原に新たな国が輝かしく開いたことだろうと思う。モディ王ならできたはずだ」

モディの王子らが俯いている。

「……父上は、それを怠った。すぐに、成果を得ようとした」

ラファトがモディ王を父と呼んだ。もう、王と見られないのだ。

「切れ者だからこそ、悪手に陥ってしまったのね」

　フェリアは呟く。

「モディは今どうなっているのかしら？」

　フェリアはリリーシュに問うた。

　リリーシュがフェリアの視線に応える。

「私は、同じ光景を二度見ました。三十数年前のミタンニと同じです」

「それが、真の目的だったのですね？」

　リリーシュが恍惚の表情で口を開く。

「モディ崩壊」

　リリーシュの瞳は今を見ていない。崩壊する国を、過去の残像を追っているように見える。

「以上が、リリーシュの策略よ」

　フェリアはモディの王子らに告げた。

「……ハッ、……ハハ、……ハハハハハ」

　エムバト王子が笑い出す。

「俺がモディに帰り、必ずやモディを復国させてみせる！」

　エムバト王子が立ち上がった。

「まだ、終わっていないわ、エムバト王子」

フェリアはエムバト王子を呼び止める。

「フンッ、そうやってモディへの帰還を邪魔して、復国を遅らせようとするのか⁉　ミタンニへの反撃を恐れてか⁉」

エムバト王子が声を荒らげた。

「また、同じように目の前のことにしか頭が回らんようだな」

マクロンがため息交じりに、エムバト王子を見て言った。

「さっき、何を耳にしていたの、エムバト王子。モディ王の間違った道筋を辿るつもりなの？」

フェリアの言葉に、エムバト王子が唇を噛み締める。

「告げた策略に潜んだ真意をなぜ見落とす」

マクロンの言葉に、エムバト王子がドカッと椅子に座った。

そこで、ラファトが手を上げる。

「ミタンニだけでなく、モディに恨みを持つ者は草原には多い。先の魔獣暴走もそう、被害を被った者もいるはず。モディの民だって、息子を狩られた妃、夫を狩られた妻はモディを恨んでいる。草原に散らばっていた多くの一族を統べて成した国がモディだ。その一族から多くの妃が捧げられた。自分の一族から次代が決まると皆思っていたんじゃないの？　父上は、その圧に耐えかねて跡目争いを草原のしきたりに乗っかって始めてしまった。綻びを繕う手なんてなかったんだ。最後には、ダナンに王子狩りまで任せちゃってさ。もう、駄目なんだよ。モディという名を継ぐことは」

ラファトがモディの王子らを見て言った。

「じゃあ、どうすりゃいい⁉　どうすりゃ、ここのつっかえを放てる⁉」

エムバト王子が自身の胸を叩きながら叫んだ。

「父上が成し得なかった零からの国創りをすればいいだけ。その国はモディじゃない。自身の国だ」

ラファトが淡々と告げた。

静まった場に、微風だけが流れる。

「美味しかったわ」

リリーシュがお茶を飲み干した。

「あなた方の母、妻や子、縁者は、すでにモディを離れて草原の民となった。三十数年前に戻ったの。一族の長として、一員として戻ることもできるわ。もしくは」

リリーシュが、おもむろに銀の髪留めを髪から解いてティーテーブルに置いた。

「欲しいなら、どうぞ」

モディを継ぎたいなら手を出せばいい、とリリーシュはモディの王子らに促した。

モディの王子らの手は、力を入れたり、弛緩したりを繰り返している。手を伸ばしたい気持ちと、伸ばすべきではない思いがせめぎ合っているようだ。

そんな中で、モファト王子が震える手を髪留めに伸ばしかける。

「私は、これがあるから」

リリーシュが金の髪留めを出した。

「ぁっ」

モファト王子が声を漏らす。

「あなた方が、モディ王に捧げていた首狩りをした時の髪留めは、形見として妃や妻に渡してあるわ」

この場にいるモディの王子らの戦利品は、モディ王に捧げられていたからだ。

「モファト、モディを継ぐなら、あなたについていく忠臣は自身で得なければならないわ。もう、誰も手助けはしてくれないの」

モファト王子の手が止まった。

チラリと隠れ村の密売人らを見る。脱獄時に自身を囲っていた者らだ。

リリーシュが首を横に振る。

「その者らは私の仲間、同胞よ。モディ崩壊が本望のね」

リリーシュが、モディ崩壊を進めた仲間だ。

モファト王子の手はまだ迷っている。

「あなたが、それを摑んだら……私は憎むべきモディ王を、また討つわ。だって、息子の首を狩った張本人なのだもの」

「母、上」

モファト王子の顔が絶望に満ちる。

次代は自分だと、確固たる希望が完全に打ち砕かれたのだ。

「リリーシュは、この中の誰であってもモディ王を継ぐなら、この先また三十数年かかっても、モディを討つことでしょう。あなた方に、リリーシュと同じ覚悟はおあり？」

フェリアの言葉に、モディの王子らの手が完全に止まった。

「さて、モディの王子らよ。この先は自身の足で進み、自身の手で得て生きよ」

マクロンが宣言した。

その手で得る物は、髪留めなんかではない。

「モファト王子、お前も解放する。どこへなりとも行くがいい」

いち早く動いたのは、エムバト王子だ。

「多くを経験した。感謝する」

ぶっきらぼうに言って、去っていった。ダナン騎士が国境までは案内する。それ以降は、自分で進まねばならない。

一人、また一人とモディの王子は出ていった。

最後にラファトとモファト王子が残っている。

「俺も行く。……もしかしたら、秘密の農園を造るかもしれない」

ラファトがフェリアにニヤリと笑んだ。

フェリアの両親と一緒に起こした沈静草の畑のことだろう。草原に戻るかもしれないと示唆したのだ。

フェリアは嬉しくなって笑った。

そこは、両親が最後に手がけた畑でもあるからだ。

「物資、また届けてくれるといいけれど」

ギアドのことだ。

「……後で、伝えておくわ」

フェリアの言葉にラファトが軽く手を上げ、リリーシュを一瞥すると31番邸を出ていった。

「残ったのは、モファト王子だけか」

マクロンがモファト王子を促す。

「最初から、私に次代を任せようなどと思っていなかったのですね？」

モファト王子は、最後にどうしてもリリーシュの口から聞きたかったのだ。

だが、リリーシュはただ微笑むだけだ。

「モディ王の首狩りが失敗した時のため、リリーシュは隠れ村の密売人にあなたを託したのよ。だって、モディ王は自身に盾突いた妃の息子を亡き者にしようとするはずだもの。……唯一あなたに向けた母の愛よ。長兄の敵であってもね」

リリーシュの代わりにフェリアは告げた。

「母上……」

モファト王子がリリーシュに深く頭を下げた。

「……行きます」

リリーシュは最後までモファト王子に言葉をかけなかった。


残されたのは、リリーシュの配下九人、隠れ村の密売人九人とメルラだけになる。

「私たちの処遇ですわね」

リリーシュが口火を切った。

「少し、休憩しましょう」

フェリアはマクロンに目配せした。

「すまないが、王妃は病み上がりでな」

「急な来訪であったこと、お詫び申し上げます」

リリーシュが深く膝を折った。

「やっと、仲間が揃ったのですから、語らいの時間があってもいいのでは？」

フェリアはフフッと笑って言った。

リリーシュが嬉しげに目を細める。

「お気遣いありがとうございます」

マクロンとフェリアは、ミタンニの仲間だけの時間を作ったのだ。

「邸内が整うまで、大業を果たした祝杯でもあげてくれ」

「お茶しか出せませんけどね」

フェリアの軽口に、リリーシュの配下や、隠れ村の密売人らもやっと体を弛緩させる。

今まで、気を張っていたのだろう。

モディの王子らが先ほどまで居たからだ。

「ちゃんと、メルラと向き合ってくださいね」

フェリアはリリーシュに言った。

リリーシュが眉尻を下げる。

「では、後ほど」

マクロンとフェリアは、一旦31番邸を後にした。


「マクロン様」

31番邸を出て、フェリアは逸る気持ちのままにマクロンを呼ぶ。

「ああ」

マクロンもフェリアの意を汲んで端的に答える。

「すぐにあの者を呼ぼう」

「まだ、終わっていませんね」

フェリアの言葉に、マクロンは首を横に振る。

「いや、モディ崩壊は成した。終わったのだ。積年の想いを吐露させるべきか……」

マクロンは悩んでいる。

それを明かさずとも、なんの問題もない。

「だけど、会えば一目瞭然でしょう」

「そうだな。仲間は全員揃ってこそ、祝杯をあげられるだろう」

マクロンとフェリアは最後の仕上げに向かった。


マクロンは、31番邸のサロンに入った。

ふくれっ面のメルラと、困ったように笑みを浮かべているリリーシュと仲間たち。

きっと、メルラはリリーシュらに怒っていながらも、心が落ち着いたのだろう。

リリーシュの本意はモディ崩壊と、モファト王子とメルラを守ること。

モディ王の首狩りが失敗に終わった時、モファト王子のみならず、縁者であり、協力者でもあるメルラに危険が及ぶと危惧し、ダナンに行かせるため、アリーシャの品種改良の件を利用した脱獄劇だったわけだ。

モディ王の報復がミタンニに及ばぬように、仲間も少人数に絞ったのだろう。

「あっ」

メルラがマクロンに気づくと、すぐに土下座を披露した。

「座れ、話ができん」

メルラは俯いたまま椅子に座る。

皆が落ち着いたところで、マクロンはリリーシュを一瞥した。

「ミタンニのリリーシュに戻るか？」

その問いに、リリーシュが首を横に振る。

「それを許したら、ミタンニが危うくなりますわ。復讐の連鎖は避けるべきです」

モディ王の首を狩った者をミタンニが受け入れたら、リリーシュの三十数年かけた復讐と同じことを、モディの誰かがする可能性も残る。

草原は今、ラファトが指摘したように恨みや憎しみが積もった地になってしまったからだ。

その燻りがミタンニに飛び火しかねないだろう、リリーシュを受け入れれば。

「ミタンニの復讐を果たした者が、ミタンニに戻れない。相当な覚悟だったのだな」

リリーシュの覚悟に感服する。

マクロンはリリーシュとその仲間を見回した。

どの顔も、迷いはいっさいないようだ。リリーシュと同じように、ミタンニに戻ることはしない意思がある。

「フェリアが来るまで、少し雑談をしよう」

マクロンはリリーシュの飾りに視線を向ける。

「銀細工の腕輪か」

リリーシュの右手首に精巧な銀細工の腕輪がある。

「ミタンニから持ち出せた物です」

「その耳飾りも？」

リリーシュが左耳の飾りを撫でる。

「ええ、この二点だけしか持ち出せませんでした」

「父上の品か？」

リリーシュとメルラの父親は、銀細工職人だった。ダルシュがつけているミタンニ忠臣の指輪を作ったのも二人の父親だ。

「……父上の品は、あれですわ」

リリーシュがサロンの窓を指した。

その指が示しているのは、外のティーテーブルに転がっているモディ王の髪留めだ。

「草原では、一族がわかるような飾りをつけるのです。モディ一族は髪留めでしたわ。銀細工の髪留めを依頼されて父が作っておりましたもの」

一族の証を、ミタンニの職人が手がけていたのだ。

「その繋がりがあったのか」

「モディ王は、父上を欲していました。けれど、攫えたのは私。母上は……」

リリーシュが首を横に振る。母親はもう亡くなったのだ。

マクロンはまだ明かされていなかった背景を知った。

「失礼しますね」

フェリアがサブリナと一緒に入ってくる。

そして、その後ろにはビンズがギアドを引き連れていた。

会せば、一目瞭然だ。

「お揃いなのね」

フェリアが笑う。

　リリーシュの瞳が一対を見つめる。

「どんな状況でも繋がっているわけだ」

　マクロンは同じ飾り付け髪をするサブリナとビンズを見るように、リリーシュとギアドを眺めた。

　二人は言葉を交わさない。

　ただただ、見つめ合っているだけ。

　同じ腕輪と、片方ずつの耳飾り。

「三十数年も秘めてきたのでしょ？」

　フェリアの言葉に、リリーシュの瞳から涙が溢れ出す。

「一方は憎むべきモディ王の寵愛を受け、もう一方は憎むべきモディ王の信頼を得るため手足となって動いた」

　ギアドが苦悶の表情になる。

「モディ王を欺くため、言葉を交わすことなく、ずっと一対を秘めてきたのですね。……どんなに好きで好きでたまらなく、一生を共にしたいと思っていても、口にすることはできなかった。想いの形を身につけることもできなかった。モディ崩壊を遂げるまでは」

　リリーシュが手で顔を覆った。

「モディ王に愛され、大事にされて、幸せになった妃を見せていた。どんなに想っていて

も、心に嘘をつき続け、幸せを演じ続けたの」

リリーシュの耐えた三十数年もの胸の内を、フェリアが明かす。

フェリアの瞳にも涙が溜まった。

サブリナも涙を流しながら、フェリアの傍にいる。

「会いたいなんて思わない。何も望まない。本当は、あなたが贈った腕輪も耳飾りも持っていては駄目だった。モディ崩壊を果たすため、手放さなきゃいけなかったのに……これさえ失ってしまっては苦しいと思い、大事に持っていても苦しかった」

フェリアはリリーシュの心の内を代弁する。

ギアドが自身の腕輪を摑む。

ギアドは以前口にしていた。権力者に恋人を奪われ、自暴自棄になり流れ者になって隠れ村に入ったと。

ミタンニ崩壊で、恋人リリーシュをモディ王に奪われ、隠れ村に身を寄せたということだ。

　恋人に贈ったペアの腕輪と耳飾り。二人とも、モディ王を欺くために三十数年もの間、隠し続けたのだ。

　フェリアはリリーシュとギアドを見ながら、自身の胸を叩く。

「ここから消えて。あの温もりも優しさも、復讐を遂げる私には相応しくないのだから」

それが、リリーシュの秘めた覚悟だった。

「ギアドは、事情を知らぬミタンニの民から睨まれ疎まれながら、リリーシュを陰で支えていたのだな。リリーシュと言葉を交わせなくとも、何をしようとしているのかわかっていたのだ。……華狩りはギアドの誘導だろう」

モディ王に華狩りを勧めたのは、リリーシュではなくギアドだとマクロンは思った。

「秘花でモディ王の首狩りは成功できるが、モディ崩壊を遂げるにはモディの王子らが邪魔だったはずだ」

その穴を、ギアドは補ったのだ。

それも、リリーシュとは口を利くこともなく。

「誰かがモディ王の傍で信頼を得なければならなかった。周りの全てを敵にしても、ギアドはそれを担った。その位置こそが、リリーシュに一番近かったからだろう」

モディ王の寵愛を受けるリリーシュを見れば、胸を掻きむしりたくなったはずだ。そんな場に、あえてギアドは足を踏み入れたのだ。

「会えても胸が燃えさかるように苦しい。だが、会えなければもっと苦しくなる。そんな三十数年だったのだな」

ギアドも口元を手で覆い、嗚咽を抑えている。

二人は、きっと同じタイミングで腕輪と耳飾りをつけたのだろう。遠く離れていても、言葉を交わしていなくとも、同じことを思っていたのだ。

モディ崩壊。

念願叶(かな)った暁(あかつき)には、自身の秘めた想いを飾ろうと。

「……リリーシュ、ギアド、もう復讐は終わったわ。離ればなれのままじゃ、銀細工が完成しないじゃない」

フェリアはサブリナに目配せし、マクロンはビンズに合図する。

サブリナがリリーシュの背中を押し、ビンズがギアドの背中を押した。

メルラやミタンニの仲間たちも、二人を見守っている。

「いいの？」

リリーシュが問う。

その問いは、マクロンでもフェリアでもなく、ギアドにだった。

「いいのか？」

ギアドも同じように問う。

その答えを待たずして、リリーシュとギアドが互(たが)いに手を伸ばした。

三十数年ぶりの温もりと優しさに二人は包まれる。

繋がった手はもう離れることはないだろう。

「ダナン王として、処遇を決める。亡き母の無念を晴らしてくれた皆には、ダナンでの平穏な暮らしを約束する。ただし、出国は禁ずる。ミタンニには戻れない。ミタンニの民とも接触を禁ずる」

「ダナン王妃として、処罰を決めます。秘花を悪用したことの責任を取ってもらうわ。一生、私の下でただ働きしなさい」

マクロンは寛大にして厳正に、フェリアはツンとしてデレッとした判断を下したのだった。

8 叶

「今日も天気が良いですね」

ゾッドが空を見上げながら言った。

「そうね。本当にポカポカと」

コクンコクンと船をこいでいたフェリアは、細目を開けながら言った。

「フ、ファァッ」

フェリアは欠伸を嚙み殺す。

「今日の午後のお茶会は、例の二人です。……今から胸焼けが」

ゾッドが胸を押さえながら言った。

フェリアはクスクスと笑う。

「仕方ないじゃない。婚約が叶った者の激甘劇は通過儀礼のようなものよ」

王都では、サブリナとビンズの噂で持ちきりだ。

サブリナの髪が短いのもさることながら、お揃いの飾り付け髪で歩く二人に、誰も野暮なことを訊けずに眺めている。

そんな話をしていると、15番邸の門扉を当人らが通って現れる。

「降ろしなさい、ビンズ！」

ビンズに横抱きにされたサブリナが真っ赤な顔で叫んでいる。

「リナ、私に黙っていた罰です」

ビンズが例の恐ろしげな笑みをサブリナに向ける。

サブリナが涙目になってビンズを睨み上げた。

「可愛いだけですよ」

「ビンズ、あなたって人は！」

サブリナがビンズの胸板をポカポカと叩く。

フェリアとゾッド、お側騎士に王妃近衛、女性騎士らも達観したような瞳で、二人を眺めているだけだ。

「王妃様、お待たせしました」

ビンズがサブリナを横抱きしたまま、片膝を折った。すさまじい体幹である。

「それで、サブリナは何をビンズに黙っていたの？」

フェリアは問うた。

「多毛草でリナの太腿がかぶれ、布で擦れるのが痛痒いのか歩調がぎこちなく」

「抱き上げたのね」

ビンズの説明に、サブリナが周囲を気にし出す。

「それで、太腿はどの範囲までかぶれているの？」

「右足の膝より、ムグッ」

「ビンズ！」

サブリナがビンズの口を押さえた。

周囲の騎士らは、聞こえませんでしたと言わんばかりに、ツーッと視線を逸らす。

つまりは、ビンズはサブリナの太腿を確認したということだ。

ビンズがサブリナにニーッコリと笑んで、手をどかせた。ビンズの笑みの圧に敵う者はいない。

「塗布薬をお願いしたいのですが、他の者にリナを見せるわけにはいきません」

堂々とした物言いに、フェリアは呆れるばかりだ。

あれだけ、貴族令嬢には触れられないなどと言っていた者の口かと。

「あ、はい。そうですねー」

フェリアは棒読みしてみた。

サブリナが羞恥で茹で上がっている。

フェリアは、二人に椅子に座るように促した。

流石にサブリナを膝上に抱えて座りはしなかっただけ、良しとしよう。

「それで、多毛草畑と村の報告よね」

「はい、王妃様」

サブリナが姿勢を正して報告に入る。

「カルシュフォンが長年かけた多毛草記録を参考に、今年の収穫は豊作となりましょう。『綿毛の日』は、幻想的だと思いますわ」

「楽しみね」

フェリアは、マクロンと一緒に見た綿毛が夜空に舞う様子を思い出す。

「くれぐれも、王城を抜け出して見学になど行かれませんように」

ビンズがシレッと付け加えた。

「も、もちろんよ」

フェリアは引きつり笑いを返した。

「それから、人手が増えたことにより、管理もしやすくなりました。感謝致します」

サブリナが軽く頭を下げて続ける。

「皆、元気にただ働きをしていますわ」

「そう、良かったわ。……二人も、リリーシュとギアドのようなことにならずに済んで良かったわね」

フェリアの言葉に、サブリナとビンズが顔を見合わせ苦笑した。

あの日、サブリナの言葉を引用してリリーシュとギアドを引き合わせた。

三十数年ぶりの温もりと優しさを得た二人は、今、多毛草畑で働いてもらっている。もちろん、メルラや仲間も一緒に。

「リナも私も、あの二人には及びませんが、互いの命より王様と王妃様が第一であると覚悟を決めています」

ビンズがサブリナの手を取る。

「王妃様と私、同時に剣を突きつけられたら、私に構わず王妃様を助けるビンズであってほしいから。そんなビンズだから……好きになったのですもの」

サブリナが清々しく言い切り笑った。

「リナ」

サブリナとビンズが見つめ合っている。

どうやら、二人の世界に旅立ってしまったようだ。

「コ、コホン」

ゾッドが咳払いした。

「多毛草畑の報告はわかったわ。村の報告を」

フェリアの言葉に、やっと二人の視線は離れ、ビンズが口を開く。

「腐り沼を起こさぬように、多毛草が綿毛になって舞う時期は火の取り扱いに注意するように指示してあります。そんなことも踏まえ、多毛草畑を管理する村を開発中です」

　ビンズが紙面を出した。

「収穫庫、乾燥庫、荷車や荷馬車、刃物棟、休憩所、家屋、とまあ、零から手がける開発になります。加えて、新たな村まで続く国道の整備を始めました」

　フェリアは村の概要を描いた紙面を見る。

「診療所と便り所も入れておいて」

「はい、かしこまりました」

　ビンズが紙面に書き加える。

「国道以外の予算は、王妃直轄事業からになるわ。現在、王妃直轄事業は王妃宮での薬草と癒やし処。その収益をあてるわ。性急な開発はせず、地道にお願いね」

「はい、お任せを」

　サブリナとビンズが頷いた。

「王様も事業を始めたのですよね？」

　ビンズが問う。

「ええ、あちらは秘密の農園だそうよ」

　ラファトを中心とした草原の開発だ。

「『善行の悪事』で頑張っている隠れ村の者が、緊急に避難できる村を作るのですって」

沈静草を主とした畑を作るのだ。

ラファトは久々に草原に向かう。ついでに、ミタンニに立ち寄って『幻惑草』をアリーシャに渡すことになっている。

今回、アリーシャは全くの無関係だった。今後はメルラの手を借りず育成を手がけていくと、決意溢れる文が届いた。ダルシュやサムが手助けすることだろう。

「……結局、モディの王子らは草原に帰ったのでしょうか？」

マクロンの側近を離れジルハンの側近となったビンズに、国外の情報が伝わるのは遅い。

「エムバト王子以外は帰ったそうよ。でも、荒廃が進むモディでなく、妻や子、縁者の所へ。小さな一族から始めるのでしょう」

少しだけ間が空く。

ビンズはフェリアの言葉を待っているようだ。

「……エムバト王子の行方は、零の地を探し始めるところからなのでしょう」

「他の王子らとは違う道を歩むのですね」

サブリナが呟く。

「エムバト王子が草原に立つ日は、自身の国を創り上げた後でしょうね」

ミタンニ崩壊、モディ立国、亡国ミタンニ、復国ミタンニ、モディ崩壊、亡国モディ。

「次の芽吹きを待つだけ」

穏(おだ)やかにお茶会は続いたのだった。

フェリアはため息をつく。

「どうした？」

マクロンがフェリアの頭を撫(な)でながら問う。

目覚めてすぐのベッドの中、フェリアはマクロンにしがみつく。

「行きたくない」

マクロンがフェリアの顔を覗(のぞ)き込む。

「そうだな、まだ甘い時間を過ごしたいな」

フェリアは口を尖(とが)らせた。

「違いますぅ」

尖った口をマクロンが摘(つ)まむ。

「ご機嫌斜(きげんなな)めの理由は？」

マクロンが指を離すと、フェリアは小さく『クコ』と呟いた。

「今日はクコの丸薬作りだったな」

マクロンの言葉に、フェリアの表情がまたズドーンと沈む。

「なんで、私がかり出されるのか……憂鬱だわ」

「まあ、仕方あるまい。バロン公たっての願いだ」

先の件で、顔面に擦り傷を負ったバロン公が、クコの丸薬をフェリアとガロンと一緒に作りたいと言ったなら、引き受けざるを得ない。

「私も一緒だからな」

マクロンがフェリアの鼻を摘まむ。

フェリアもマクロンの鼻を摘まみ笑った。


「密度が高い」

フェリアは31番邸に入って言った。

「そうだな。クコの丸薬作りは医官や薬事官も参加するし、王妃直轄事業の薬草係の者も総出だ」

マクロンが周囲を見回しながら答える。

中央には煮釜。ガロンが周囲に指示を出していたが、マクロンとフェリアに気づき近づいてくる。

「すでに臭気が」

フェリアは鼻をサシェで押さえ、爽やかな香りで深呼吸した。

フラリと体がよろけ、マクロンが咄嗟にフェリアを支える。

「ククの丸薬を作る前から、気絶しそうですわ」

フェリアは苦笑いする。久しぶりの臭気に早速やられてしまった。

「首に手を回せ、フェリア」

マクロンがフェリアを抱き上げる。

「あ、歩けますわ！」

「弱ったふりでククの丸薬作りを回避できる機会じゃないか？」

マクロンがいたずら顔で言った。

フェリアはクスッと笑う。

「仮病作戦ですね」

「ああ、私はフェリアの看病だと言って一緒に退く。どうだ？」

マクロンとフェリアは顔を見合わせて笑った。

「なら、バロン公に診てもらえばいいさぁ」

近くまで来ていたガロンが、話を聞いていたのか言った。

「それじゃあ、仮病だってばれちゃうじゃない」

フェリアはガロンをジトッと見る。

「それでも、医術国アルファルド王弟バロン公の問診を見られるいい機会になるさぁ。医官や薬事官の研修になるからさぁ」

ガロンが医官や薬事官を手招きする。

「フェリア、正直に問診を受けるしかないな」

フェリアはマクロンに抱き抱えられたまま、バロン公が待つティーテーブルへ向かった。

マクロンがバロン公の横にフェリアを座らせる。

「バロン公、この弱ったふりをした王妃フェリアの問診を頼む」

「かしこまりました」

バロン公がクッと笑いながら答えた。

フェリアはバロン公と向き合う。

「では、問診を始めます。さてと、その弱ったふりはいつからだったかを思い出していただきましょう」

そこで、バロン公がペンを持った。

きちんと記録するようだ。

「感情が弱く不安定になったことがおありでしょうか？　例えば、気持ちがモヤモヤするような」

フェリアは、そういえばと思い出す。

サブリナとラファトのかりそめの婚約が決まった頃だ。あれは、ずいぶんモヤモヤしたなと、頷いた。

「ほお、それはどのくらい前でしょうか？」

「確か二カ月ほど前だと思いますわ」

バロン公が、問診票に『モヤモヤ二カ月前』と記す。

「感情の抑制ができなかったり、起伏があったりは？」

フェリアはそれも自覚がある。

華狩りを知った時には冷静でいられなかった。エムバト王子に対しても腹立たしい感情が出ていた。いつもは、冷静に思考し判断する自身が、気持ちが先行することがあったからだ。

「ありますわね。私自身、未熟だと自覚していますわ」

バロン公が静かに頷く。問診票には『感情の起伏あり』と記された。

「気持ちが高ぶり、涙が自然に溢れることは？」

フェリアは苦笑いしながら頷いた。

「ここ最近多いわ」

リリーシュとギアドの三十数年を思うと自然と涙が溢れる。

バロン公が『涙もろくなる最近』とペンを走らせる。

「眠気や欠伸などはどうでしょうか？」

フェリアは最近よく欠伸をする。うつらうつらと目が閉じてしまう。

「それもあるわ。建国祭からのあれこれで疲れが出て、体がまだ本調子ではないみたい」

バロン公が『眠気あり』と記す。

「では、そうですな。……体に表れる症状は？」

「微熱が少々。心の風邪も引いていたようです」

メルラの裏切りもさることながら、サブリナを捨て置く決断をフェリアは下すことになった。

その時の判断に後悔はない。だが、疲れも相まって微熱が出たのだ。

マクロンには心の風邪だと言われ、休養を取らされた。ずいぶんと甲斐甲斐しく世話をされた気がする。

バロン公が『微熱あり』と記す。

「その他の症状を確認しましょうか。そうですね……臭いなどは？」

フェリアはチラリと煮釜を見て顔をしかめる。

サシェを取り出して、鼻を押さえた。

「臭いますね」

バロン公が煮釜を見て頷く。『臭いに敏感』と記される。

「エホッ」

フェリアは顔をしかめながら嘔吐いた。

「ごめんなさい、最近臭いで気持ち悪くなるの」

バロン公が『軽い嘔吐き』と記す。

「ちなみに、あの煮釜は煮沸中で、まだクコの薬草は入っていません」

フェリアは訝しげに煮釜を見る。

「以前のクコの丸薬作りの臭いが残っているくらいです。それに反応したのでしょう」

バロン公の言葉にフェリアは頷いた。

「目眩や立ちくらみは？」

フェリアはついさっきマクロンに支えられたのを思い出す。

「微熱を出し、政務もあって、体作りをしていなかったわ。やっぱり、体力が落ちたみたい。情けないわ、臭い程度でよろめいてしまって」

最近はよくマクロンに体を支えてもらっていることに気づいた。

「マクロン様が甘やかすから」

フェリアはマクロンを上目遣いに見る。

マクロンがフェリアの手を握り、甘い笑顔でフェリアを見つめ返した。

バロン公が『よろめきあり』と記す。

「王様、王妃様への触診(しょくしん)を許可くださいますか？」

「ああ、頼んだ」

マクロンがフェリアの手をバロン公へと差し出す。

バロン公が脈診(みゃくしん)をしている間、フェリアは問診票に視線を移した。


『モヤモヤ二カ月前』

『感情の起伏あり』

『涙もろくなる最近』

『眠気あり』

『微熱あり』

『臭いに敏感』

『軽い嘔吐き』

『よろめきあり』


「あれ？」

フェリアは小首を傾(かし)げる。

「では、最後の確認をしましょう」

バロン公がケイトを呼ぶ。

「どのくらい？」

「二カ月と三週間でしょうか」

ケイトが言った。

フェリアもそこで気づく。

マクロンはもう気づいていたのだ。

フェリアは涙が込(こ)み上げた。

『月の物二カ月三週間止』

「懐妊(かいにん)おめでとうございます、王妃様」

――

――

――

「フェリア、白馬に乗った王子が現れたぞ！」

マクロンが扉を開け放つ。

パカパカパカ

白い木馬のおもちゃに跨がった王子が現れる。

「夢が叶ったわ」

フェリアは両手を広げて王子を抱き抱えたのだった。

終わり

あとがき

飾る言葉は省き、一言『完結』。
『31番目のお妃様』に携わっていただいた全ての方にお礼申し上げます。
そして、何より最後まで追っていただいた読者様に感謝致します。

さて、作者は別の種を探しに参ります。

桃巴

「31番目のお妃様」シリーズ
ご愛読ありがとうございました！

イラスト担当の山下ナナオです。桃巴先生が書かれるたくさんの魅力的なキャラ達を描く事ができて楽しかったです（再登場の際は特に！）

最後に…フェリアと共にカバーイラストを飾った「おたま」を描かせてください！　31番邸でフェリアがお茶や食事を振る舞うシーンはいつも温かくてホッとします。
読者の皆様、長く応援してくださり本当にありがとうございました。

やましたななお

■ご意見、ご感想をお寄せください。
《ファンレターの宛先》
〒102-8177 東京都千代田区富士見 2-13-3
株式会社KADOKAWA ビーズログ文庫編集部
桃巴 先生・山下ナナオ 先生

●お問い合わせ
https://www.kadokawa.co.jp/（「お問い合わせ」へお進みください）
※内容によっては、お答えできない場合があります。
※サポートは日本国内のみとさせていただきます。
※Japanese text only

31番目のお妃様 11

桃巴

2024年２月15日 初版発行

発行者　山下直久
発行　株式会社 KADOKAWA
〒102-8177 東京都千代田区富士見 2-13-3
（ナビダイヤル）0570-002-301
デザイン　伸童舎
印刷所　TOPPAN株式会社
製本所　TOPPAN株式会社

ISBN978-4-04-737836-0 C0193

定価はカバーに表示してあります。
◇◇◇

花壇にあったレンガで窯を作ったの
これで美味しいパンを作れるわ
では…
早速ですが農機具一式が欲しいです！
ぱあっ
平民服
牛車
回想
ニヤッ
私の荷物の中に兄さんの野営箱が紛れ込んでたんです
今頃兄さん慌てているわ
ビーズログコミックスにて
コミックス①～⑤巻
好評発売中!!!
ちょっと(かなり)変わっているお妃様の成り上がり劇★
31番目のお妃様
七輝翼
原作／桃巴(ビーズログ文庫)
キャラクター原案／山下ナナオ